T0243499

colección alandar

La ruta del norte

Xavier-Laurent Petit

Traducido por:
Herminia Bevia

EDELVIVES

Dirección editorial:
Departamento de Literatura Infantil y Juvenil

Dirección de arte:
Departamento de Imagen y Diseño GELV

Diseño de la colección:
Manuel Estrada

Fotografía de cubierta:
Istockphoto

Título original: *La route du nord*
© Del texto: Castor Poche Flammarion, 2008
© De esta edición: Editorial Luis Vives, 2009
  Carretera de Madrid, km. 315,700
  50012 Zaragoza
  Teléfono: 913 344 883
  www.edelvives.es
  Editado por Juan Nieto Marín

ISBN: 978-84-263-7120-1
Depósito legal: Z. 2940-09

 Talleres Gráficos Edelvives (50012 Zaragoza)
Certificados ISO 9001
Printed in Spain

**El 0,7% de la venta de este libro se destina al Proyecto «Mejora de la Calidad
y oferta educativa del ciclo diversificado del Instituto Tecnológico Quiché
de Chichicastenango (Guatemala)», que gestiona la ONG Solidaridad,
Educación, Desarrollo (SED).**

FICHA PARA BIBLIOTECAS

PETIT, Xavier-Laurent (1956-)
La ruta del norte / Xavier-Laurent Petit ; traducido por Herminia
Bevia. – 1ª ed. – Zaragoza : Edelvives, 2009
  176 p. ; 22 cm. – (Alandar ; 116)
  ISBN 978-84-263-7120-1
  1. Mongolia. 2. Sequía. 3. Trashumancia. 4. Fotógrafos I. Título. II.
Serie.
  087.5:821.133.1(44)-31"19"

Este libro es, por supuesto, para Marie,
pero también para Galshan Tschinag y Roger Roupper,
cuyas fotografías marcaron esta historia.

UNO

Un grito agudo desgarró el silencio. Cegada por el sol que se alzaba, Galshan tiró de las riendas de su caballo y escrutó el cielo.

Muy arriba, se perfilaba la esbelta silueta de un águila, casi en vertical sobre el minúsculo sendero por el que ella avanzaba. Con sus alas desplegadas describía círculos sin esfuerzo, inspeccionando las laderas del valle en busca de una presa. Galshan la contemplaba sin moverse mientras su caballo mordisqueaba con desgana pequeños puñados de hierba seca y amarillenta como la paja.

Unos años antes había pasado el invierno en ese lugar, el valle de Tsagüng, en compañía de su abuelo, el viejo Baytar. Habían capturado un águila juntos y el anciano le había enseñado a adiestrarla[1]. Ella decidió

---

[1] Véase *153 días en invierno*: (Alandar, 50).

ponerla el nombre de *Kudaj,* el señor *Kudaj,* y nunca lo había olvidado. Acabó dejándola en libertad, pero sus pensamientos aún volaban a menudo sobre las alas de su águila.

La rapaz continuaba trazando grandes círculos sobre los barrancos, sin movimientos inútiles, dejándose llevar por las cálidas corrientes de aire. ¿Sería la suya? ¿Habría regresado el señor *Kudaj* y la reconocía después de tanto tiempo? Por un instante, Galshan deseó extender el brazo y llamarla, como había hecho tantas veces en el transcurso de aquel año. Todavía se acordaba del peso del águila en su brazo y de su ojo dorado que la miraba fijamente. Pero no hizo ningún movimiento. Siguió observándola, con los ojos entrecerrados, aturdida por la luz del amanecer.

De pronto se produjo un cambio casi imperceptible en el vuelo del ave. Galshan vio cómo se abalanzaba hacia el suelo. Una marmota lanzó un penetrante chillido, el águila cayó a tierra como una piedra, justo entre unas rocas sueltas y, en el último segundo, desplegó las alas. Cuando remontó el vuelo, soltando gritos victoriosos, la pequeña marmota se debatía débilmente entre las garras. La rapaz y su presa desaparecieron detrás de la ladera de Guruv Uul[2] mientras los primeros rayos del sol se deslizaban por encima de sus crestas.

Acariciadas por la luz deslumbrante, las piedras resplandecieron como espejos y el aire se recalentó

---

[2] *Uul:* Montaña.

bruscamente. Una ráfaga de viento tibio curvó la hierba alta y el prado seco onduló hasta el horizonte, como si resoplase un animal inmenso.

Galshan espoleó a su caballo. Había abandonado el campamento de su abuelo poco antes de la hora de la liebre[3] para aprovechar el frescor matinal. Era inútil. Una o dos horas más tarde el calor sería tan asfixiante como los días previos.

Hacía semanas que el sol y el vendaval del sur lo arrasaban todo a su paso. Semanas en las que el valle de Tsagüng y las montañas que lo rodeaban se habían transformado en un auténtico horno. Hombres y rebaños llevaban semanas esperando las lluvias de verano, pero el cielo seguía totalmente despejado, barrido de continuo por largas ráfagas de aire cálido.

Alrededor de Galshan, las piedras se dilataban a causa del calor y crepitaban como minúsculos petardos. Alzó la cabeza. El cielo casi blanco permanecía desierto, sin el menor rastro de nubes. El águila se había refugiado a la sombra de unas rocas para desgarrar a su presa y, si no sucedía nada que la importunase, no volvería a cazar hasta el día siguiente.

---

[3] Entre las seis y las ocho de la mañana.

DOS

Pese a todo el cuidado que ponía en evitar esfuerzos inútiles, el caballo de Galshan estaba empapado de sudor. Las piedras rodaban bajo sus cascos y tenía que recuperar el equilibrio de continuo. El sendero era tan estrecho que por momentos no era más que un simple rastro que había que adivinar en medio de la grava. Más abajo serpenteaba otro camino, más ancho y cómodo, pero Galshan había elegido el que iba pegado a las rocas, allí donde la sombra aportaba una ilusión de frescor.

De repente, el caballo se escurrió al pisar una piedra, recuperó el equilibrio con un rápido movimiento de los cuartos traseros y resopló quedamente.

—*Guruj* —murmuró Galshan palmeándole el cuello.

Cabeza Negra enderezó las orejas y prosiguió a un paso algo más vivo.

Como todos los nómadas, el viejo Baytar llamaba a sus animales por una de sus características. Un detalle o una peculiaridad bastaba para reconocerlos. Sus caballos se llamaban sencillamente *Patas Pardas, Pelos Largos* o *Crines Nevadas...*

—*Guruj* —repitió ella maquinalmente.

Guruj... Era una de esas palabras mágicas del abuelo. Él parecía poseer su secreto; una palabra que no quería decir nada y que, sin embargo, todos los caballos de allí comprendían. Durante siglos, los jinetes la habían susurrado al oído de sus monturas para alentarlas. Y los caballos obedecían a ella.

Normalmente, el anciano Baytar no dejaba que nadie montase a *Cabeza Negra*, ni siquiera su nieta. Era su caballo, aquél en el que confiaba plenamente. E incluso ahora que el viejo se había quedado ciego, se tomaba muy a pecho lo de ensillarlo y montarlo todos los días. Daba igual que hiciese viento, que nevase o lloviese, Baytar recorría el valle en todas las direcciones y dejaba que su caballo lo llevase allí donde su instinto lo guiaba. Pero el calor sofocante de esas últimas semanas le había arrebatado toda su energía. Hacía días que el viejo no ensillaba al animal y el *ikhnas*[4] pasaba el tiempo royendo el freno, amarrado como una mula en las inmediaciones del campamento. Hasta que esa mañana, ante la impaciencia de *Cabeza Negra*, que piafaba tirando del ronzal, Baytar había permitido finalmente que su nieta lo montase.

Eso sí, a regañadientes, como si se tratase de un favor.

---

[4] Caballo castrado.

TRES

Cuanto más se acercaba Galshan a la zona alta del valle, más impaciente y excitado se mostraba *Cabeza Negra* al reconocer el olor de otros caballos. A pesar del calor y el cansancio de la subida, intentó en varias ocasiones ponerse al galope, y a Galshan le costó mucho refrenarlo. Después de tantas jornadas solo y atado, piafaba de impaciencia al percibir la proximidad del rebaño.

¿Podía llamarse aún rebaño?

La primera vez que Galshan había ido a Tsagüng, el Año del Dragón de metal[5], el viejo Baytar la había conducido hasta las altiplanicies que dominaban el valle. Se encontraron con decenas de yaks y caballos,

---

[5] 2000.

y centenares de ovejas cuyas pelambreras grises ondulaban hasta donde alcanzaba la vista. Sus balidos acallaban el aullido del viento. Galshan se había quedado sobrecogida ante el inmenso rebaño de Baytar. Nunca había visto tantos animales juntos.

Pero el invierno había sido tan terrible ese año que los pájaros caían del cielo, congelados en pleno vuelo, y los animales morían extenuados por el hambre y ateridos de frío, congelados como estatuas de piedra.

La «muerte blanca»[6] había diezmado el rebaño de Baytar y éste no había podido recuperarlo. Había perdido tanta vista que era prácticamente incapaz de ocuparse él solo de los animales. Los corderos y caballos que le quedaban todavía vagaban a su antojo bajo la vigilancia exclusiva de *Ünaa,* el último perro del anciano.

Este año, cuando Galshan había acudido como cada verano a estar con su abuelo, no había descubierto en el valle más que una veintena de crías consumidas a causa de la sequía. El invierno y los lobos se habían hecho cargo del resto. En cuanto a los caballos, solamente quedaban seis. Cuatro yeguas, el *ikhnas* que montaba y un semental tan asilvestrado que era casi imposible acercarse a él.

Una ráfaga aplanó la hierba en el momento en que Galshan y *Cabeza Negra* llegaban a las estribaciones del valle. De pronto silbó el viento, los tallos secos entrechocaron como ramitas de madera muerta y una nube de arena rojiza los envolvió. El viejo Baytar

---

[6] Véase *153 días en invierno*: (Alandar, 50).

aseguraba que esa arena procedía del desierto de Örenkhangay, al otro lado de las montañas, a más de seis días a caballo hacia el sur. El aire estaba tan caliente que a Galshan le cortaba el aliento. *Cabeza Negra* se paró en seco.

—*Taïvan saïkhan* —susurró ella—. No tengas miedo. Todo irá bien.

Los granos de arena se estrellaban contra su piel como minúsculas flechas. Se cubrió la cara con el pañuelo para protegerse y se puso de espaldas al viento.

Los otros caballos se habían agrupado más arriba, cerca del manantial. Estaban rígidos y nerviosos, con las orejas medio agachadas y los ollares temblorosos. Aquel viento incesante les alarmaba como la presencia de un peligro invisible. Con cada nueva ráfaga adoptaban la misma actitud despavorida que en pleno invierno, cuando los aullidos de los lobos resonaban en el valle.

Galshan hizo avanzar a *Cabeza Negra* un poco más antes de trabarlo a buena distancia de los otros animales, y permaneció allí un instante, inmóvil.

Una yegua que pastaba a la sombra de un gran peñasco la observó agitada. Era a ella a quien Galshan había venido a ver...

CUATRO

Amainó el fragor del viento y la hierba se enderezó, pero el aire continuaba ardiendo, casi era irrespirable. La yegua arrancó con desgana algunas briznas amarillentas.

Galshan se aproximó con la palma tendida y la llamó a media voz.

—*Töönejlig*[7]...

De toda la manada, era su preferida. Un animal dulce y tranquilo, que siempre parecía comprender lo que su jinete esperaba de ella.

—*Töönejlig* —repitió Galshan.

La yegua sacudió su larga crin, se acercó y olisqueó la mano abierta que le tendían. En pocas semanas se

---

[7] «La que tiene una mancha blanca».

había puesto enorme y su vientre estaba cada vez más abombado. Galshan estaba segura de que la cría no tardaría en nacer.

Le rodeó el cuello con el brazo.

—Éste tiene que vivir —susurró—. ¿Lo has entendido? Debe vivir.

La yegua estiró las orejas hacia delante, atenta a la voz de Galshan.

Era la cuarta y la última de la manada en parir aquel verano. Pero, al igual que había sucedido con la mayoría de los corderos, los tres primeros potros habían muerto unas horas o unos días después de nacer, incapaces de resistir aquel sol y aquel viento asfixiante, que les arrebataban las fuerzas.

En cada ocasión, Galshan los había encontrado tendidos en medio de la hierba, rodeados de enjambres zumbantes de moscas y con el vientre ya hinchado por el calor. Conservaban el olor a recién nacidos y las madres se negaban a abandonarlos. Relinchaban y los empujaban con el hocico como para despertarlos, mientras los buitres describían círculos arriba en el cielo.

Si Galshan no hubiese estado allí, el viejo Baytar habría dejado que los carroñeros hiciesen su trabajo. En parte porque no veía y era ya demasiado viejo para ocuparse de eso, pero también por costumbre. Para él la vida y la muerte iban de la mano, como dos viejas amigas a las que nada podía separar. Los animales, como los hombres, daban y entregaban la vida entre el cielo y las montañas sin que aquello alterase el curso de las cosas. Pero a Galshan le resultaba insoportable la idea de abandonar a los potros muertos. Así que se había encargado de atarlos a su caballo y llevarlos hasta el barranco. Una vez allí, con los ojos inundados de lágrimas, escuchaba rodar los cuerpos, arrastrando piedras en su caída, y veía cómo los buitres se lanzaban al vacío, listos para darse un festín.

Galshan acarició el costado de la yegua, cuya piel se estremeció como la hierba bajo el viento. Con una sonrisa en los labios, la abrazó y apoyó ambas manos en el vientre del animal. El potrillo se removió bajo sus palmas, vivo y seguro. Era la primera vez que lo notaba tan claramente.

Aguardó a que dejara de moverse para posar sus labios en el pelo cálido de *Töönejlig*.

—No tengas prisa por salir —musitó dirigiéndose a la cría—. Por ahora estás mejor ahí. ¡Créeme!

Un golpe de viento asaeteó la piel de Galshan con granos de arena. El semental lanzó un relincho y las yeguas resoplaron. *Töönejlig* se unió al grupo y los caballos se alejaron en fila india, pegados a la sombra de los peñascos, mientras *Cabeza Negra* piafaba ansioso por seguirlos.

—Tranquilo —dijo Galshan—. Tú te quedas. No tengo ganas de volver a pie.

CINCO

Galshan se acuclilló a la sombra de unas piedras. Ante ella, el valle parecía petrificado por el calor.

Como atizado por el viento, se avivó bruscamente el pequeño rescoldo de inquietud que la turbaba desde el inicio del verano. Lo había percibido por primera vez el mismo día de su llegada, cuando atisbó a lo lejos el deteriorado campamento y la silueta del anciano, tan frágil que parecía a punto de romperse.

Hasta entonces, Galshan siempre había pensado que su abuelo era sólido como una roca, indestructible. Sin embargo, ese año había comprendido por vez primera que era realmente muy viejo y que un día desaparecería. Desde ese momento, aquella idea había permanecido agazapada en su interior, como una fiera salvaje lista para saltar. Invisible y amenazadora al mismo tiempo.

Pero, además, había otra cosa... Aquel calor opresivo y aquella sequía que no tenían fin, la tierra sedienta, los animales famélicos... Nada de todo aquello era normal.

Ese verano no se parecía a ninguno de los que recordaba Galshan. Baytar repetía, prácticamente a diario, que no había conocido otro más inclemente. El sol nunca había sido tan abrasador y llevaban semanas enteras sin el menor rastro de nubes. Jamás el viento del sur había soplado durante tanto tiempo, quemando el forraje, secando los manantiales y matando a los animales más débiles. Y las tormentas de verano nunca habían tardado tanto tiempo en llegar. En algunas partes, al pie de determinados peñascos, se apreciaban manchas de arena ocre que se agrandaban día a día. El viento la iba depositando allí, grano a grano, como si el desierto se aprestara a tragarse el valle y anegarlo de su ardiente materia.

En el colegio, el profesor de Geografía aseguraba que la Tierra se estaba calentando y que los humanos habían estropeado una máquina que eran incapaces de reparar. También decía que las estaciones ya nunca se parecerían a las que habían conocido. ¿Marcaría la canícula de ese verano el comienzo del cambio? ¿Se transformaría un día en un desierto el valle de Tsagüng?

Galshan intentó desechar aquella idea y se acercó al arroyo. El agua corría tan fría como en su anterior visita, aunque le parecía que con menos fuerza. En el fondo del valle se habían secado ya la mayoría de los manantiales y en las alturas, hacia las cumbres, la nieve prácticamente se había fundido, dejando la montaña desnuda y negra, como tras un incendio.

Galshan permitió que *Cabeza Negra* bebiese largos tragos mientras ella contemplaba el campamento de Tsagüng más abajo.

Ryham, su padre, le había contado que cuando él era un crío se reunían allí cada verano una docena de familias. Entonces, el valle bullía de vida, de personas y animales. El viejo Baytar era ahora el último habitante, y de las cuatro *gers*[8] que seguían en pie la suya era la última que se conservaba más o menos en buen estado. Las demás, abandonadas desde·hacía años, habían sido invadidas por las hierbas. La lona flotaba en andrajos y se desgarraba un poco más cada invierno que pasaba. ¿Cuánto tiempo seguiría él allí?

Junto a las manchas grises de las tiendas, adivinaba los movimientos casi imperceptibles de las ovejas cobijadas a la sombra de las montañas. ¿Qué sería de ellas? Hacía falta que las tormentas atronasen, que la hierba reverdeciese, que los arroyos corriesen de nuevo... Pero la inmensa bóveda del cielo seguía siendo azul, sin ofrecer la menor esperanza de lluvia.

El viento arrastró un delgado jirón de humo.

Incluso en aquel horno, el viejo Baytar se empeñaba en mantener vivo un minúsculo fuego con saxaul[9], protegido del viento por un pequeño muro de piedra.

---

[8] Gran tienda circular de lona. También recibe el nombre de «yurta».
[9] Arbusto espinoso que crece en las regiones desérticas de Asia central.

Pasaba allí horas enteras, acuclillado, inmóvil como un tocón, mirando fijamente hacia el horizonte con sus ojos apagados.

Como si en ese momento no existiese nada más importante que reunirse con él, Galshan saltó a su caballo y, pese al calor, lo lanzó al galope en dirección a Tsagüng.

SEIS

Era la hora del caballo[10], la más cálida de la jornada.

Agachado junto al fuego, el viejo Baytar contemplaba el mundo sin verlo. Todo lo que le rodeaba estaba sumido en una especie de bruma blanca, que se volvía más densa cada día. Unos meses antes, todavía alcanzaba a distinguir las sombras y siluetas que desfilaban ante sus ojos, la forma de su *ger* o la de las montañas... Ahora apenas podía diferenciar la noche del día.

Su hijo Ryham había intentado en varias ocasiones convencerle de que se operase. Al parecer, los médicos de la ciudad podían devolverle la vista, pero la mera perspectiva de dejar Tsagüng le resultaba insoportable.

---

[10] Entre las doce y las catorce horas.

Aquella enfermedad acechaba a su familia como los lobos acechan al animal más débil del rebaño. El padre de Baytar había muerto ciego y también su abuelo, y otros más antes que ellos cuyos nombres habían caído en el olvido. Había llegado su turno. Su visión se había apagado y él mismo se extinguiría pronto. Así eran las cosas y se doblegaba como uno se doblega ante las tormentas y las tempestades.

A unos cien pasos por detrás, Galshan cepillaba a *Cabeza Negra*. Los caballos nunca estaban tan bien cuidados como cuando ella pasaba allí el verano. Durante un rato, el anciano intentó adivinar cada uno de sus movimientos e imaginar qué aspecto tendría ella ahora...

Sólo guardaba un confuso recuerdo de la última vez que realmente la había visto. Pese a lo mucho que lo deseaba, no se había atrevido a pedirle que le dejase recorrer su piel con las yemas de los dedos para descubrir la forma de sus pómulos, sus cejas, su boca o su nariz. Y jamás osaría hacerlo... De su nieta conocía únicamente el sonido de su voz y el de sus pasos cuando se acercaba.

El viejo la oyó acuclillarse a su lado.

—¿Qué? ¿Has visto los caballos?

—Se han refugiado arriba, cerca del paso —dijo Galshan—. El manantial sigue corriendo, pero no sé por cuánto tiempo. El nivel ha bajado aún más. También he visto a la yegua. El potro no tardará en nacer.

Con las puntas de los dedos, a tientas, el viejo empujó hacia el fuego una rama de saxaul y sacudió la cabeza.

—No antes de diez días.

—¡Qué dices! ¡Seguro que mucho antes, Attas[11]! ¡Está enorme! Tendrías que verla...

Galshan enmudeció al darse cuenta de lo que acababa de decir. El rostro de Baytar se plegó en mil arrugas. Era su manera de sonreír. Volvió la mirada vacía hacia ella. Sus ojos parecían dos piedras blancas.

—*Uutchlarai*... Perdona, Attas. Había olvidado que... En fin, que está muy gorda.

—Ya no veo, Galshan, pero no necesito mis ojos para saber que la yegua no parirá antes de diez días. Todavía es muy pronto para que nazca su cría.

Galshan suspiró. El viejo era a veces tozudo como una mula y tremendamente irritante. Hacía semanas que no se había movido de allí y ya no era capaz de ver a la yegua, pero sabía de todo más que nadie.

—¡Pero, Attas, yo la he visto! He sentido cómo se movía el potrillo en su vientre. Apostaría a que nacerá antes... a que parirá en cinco días.

—Así que estás dispuesta a apostar...

A Baytar le encantaban esta clase de juegos. Extendió su gruesa mano rugosa en dirección a Galshan, que dudó un segundo.

—¿Qué apostamos? —preguntó.

Baytar se tomó un tiempo para reflexionar. Palpó hasta encontrar el saquito de piel en el que guardaba su tabaco. Lio un cigarrillo y lo encendió con ayuda de una brasa que recogió con los dedos. Su piel era tan dura que ni sentía las quemaduras.

---

[11] Abuelo.

—El potro —dijo finalmente—. ¿Qué te parece? Si nace de aquí a cinco días, es tuyo.

Y Galshan rompió a reír y estrechó la mano al viejo.

Baytar seguía sonriendo como si acabase de ganar por chiripa a su nieta. Parecía muy seguro de sí mismo.

—Piensas que ya he perdido, ¿eh? —preguntó Galshan.

El anciano no dijo una palabra, pero sus arrugas se plegaron un poco más.

Galshan dejó escapar un suspiro. Sabía perfectamente que era estúpido apostar con Baytar, sobre todo en ese tipo de cosas. El viejo ganaría, como de costumbre.

De pronto, Baytar se quedó parado.

—¿Oyes?

Galshan sacudió la cabeza.

—No oigo nada.

—¡Escucha!

Sólo se oía el crepitar del fuego, el susurrar de la hierba y el viento... Nada más. Y, sin embargo, el viejo seguía al acecho. Y, también, su perro.

Mucho después que ellos, a Galshan le pareció distinguir por fin el trote de un caballo. Pero seguía estando tan lejos que no podía afirmarlo. Entonces, una minúscula nube de polvo ocre se elevó en el horizonte. Un jinete remontaba el valle y se aproximaba a Tsagüng.

Galshan lanzó una ojeada a su abuelo. ¿Cómo hacía para estar tan seguro de lo que ni siquiera podía ver? En ocasiones daba la impresión de que, desde que se había quedado ciego, veía mejor que ella, como si las cosas existiesen no sólo en el exterior sino también dentro de él.

SIETE

El hombre y su caballo procuraban no salirse del estrecho sendero sombreado que discurría a lo largo de las escarpaduras. Galshan no les perdía de vista y aguardaba a que estuvieran más cerca para formarse una opinión. Los viajeros solitarios eran bastante raros y todavía más los que pasaban por Tsagüng.

El hombre les hizo un amplio gesto desde lejos.

—¡Es Uugan! —gritó ella a Baytar.

Aunque tuviese la edad de su padre, consideraba a Uugan un poco como una especie de hermano mayor. No era más que un niño cuando el abuelo y su mujer le habían salvado de una terrible tempestad de nieve[12].

---

[12] Véase *El desfiladero de las mil lágrimas*, Alandar, 70.

Hacía años de aquello. Sin su ayuda, seguramente habría muerto de frío, así que les debía la vida tanto como a sus propios padres. Desde ese día, Uugan llamaba Ata[13] a Baytar, como si fuese su hijo. A Ryham, el padre de Galshan, lo consideraba su hermano. Pero al contrario que él, Uugan había permanecido fiel al oficio de sus antepasados. Era pastor y, en invierno y en verano, seguía recorriendo la región con su rebaño en compañía de su mujer, Tsaamed, y sus dos gemelos, Dalaï e Ïalad.

Tan pronto como descabalgó se acercó a Baytar y se inclinó frente a él. El anciano le respondió con el saludo de los nómadas.

—*Ükher mal targalj baïn uu?* ¿Engorda tu ganado?

—No, precisamente por eso he venido a verte, Ata —respondió Uugan.

Se sentó al lado del viejo.

—Mis animales, como los tuyos, están consumidos por el hambre y la sed. La sequía me ha matado ya más de veinte ovejas, todos los potros de este año han muerto y apenas sobreviven una docena de corderos.

El viejo enrolló un cigarrillo y se lo tendió a Uugan. Preparó otro para él y no contestó hasta que hubo dado una calada.

—¿Qué hemos hecho para que el cielo y el viento se enfaden así con nosotros? —se preguntó a media voz—. No comprendo su cólera...

---

[13] Papá.

—Yo tampoco, Ata, pero una cosa está clara: si no hacemos algo, nuestros animales morirán uno tras otro. Entonces no nos quedará nada.

Galshan no pudo evitar una mirada a las manos de Uugan cuando recogió el jarro de té caliente que ella le tendía. Sólo conservaba un par de dedos en cada una de ellas. Los restantes se le habían congelado durante la tempestad de nieve de la que Baytar le había salvado.

—He hablado del asunto con Tsaamed —prosiguió—. Iremos hacia el norte. Puede que allí encontremos todavía hierba verde y agua en los arroyos.

—¿Y si no es así?

Uugan no respondió. Una nube de polvo se arremolinó de pronto a ras del suelo como un gigantesco reptil. La arena les azotaba por todas partes. Las llamas del fuego de saxaul se retorcieron y los caballos relincharon con las orejas hacia atrás. La borrasca cesó tan bruscamente como se había desatado.

—Nuestros animales están a un par de valles de Tsagüng —continuó Uugan—. Nos iremos mañana y nuestra ruta pasa por aquí. ¿Te unirás a nosotros?

El viejo volvió sus ojos en blanco hacia Uugan.

—Te lo agradezco, pero es imposible. Como mis animales, estoy demasiado cansado y débil para emprender camino. Hace semanas que no he montado a caballo y ya no puedo ver nada.

Puso su mano ante sus ojos.

—Ni siquiera puedo distinguir mi mano. Es como si no existiese. Sólo sería un lastre para vosotros.

Además, no quiero abandonar este valle. Conozco cada brizna de hierba y cada piedra. Aquí he vivido siempre con mis rebaños y aquí deseo esperar el fin.

Galshan se sobresaltó.

—¡Attas! ¡Te prohíbo que digas eso!

La cara del viejo se plegó en una sonrisa, pero no dijo nada.

—Tsaamed sabía que dirías eso —contestó Uugan—. Pero también están tus animales. No puedes dejar que sufran. Deja que me ocupe de ellos. Estarán con los míos y te los devolveré gordos y con buena salud a mi regreso.

—Y quedarme aquí sin rebaño... Un pastor sin rebaño no es nada, no existe.

—No, Ata, serás lo que siempre has sido. Un pastor que cuida de sus animales.

El viejo agitó la cabeza.

—Tienes razón, Uugan. Te confío a mis animales. Sé que estarán en buenas manos. Sólo déjame mi perro y mi caballo.

Galshan se lanzó sobre el anciano.

—Y a *Töönejlig*, Attas. Su potro nacerá en pocos días. No puede irse.

—En pocos días no, Galshan. ¡Diez por lo menos!, ya te lo he dicho. Ella y su cría estarán diez mil veces mejor donde Uugan quiere llevarlos que aquí.

—No tienes ni idea, Attas. No la has visto, ni siquiera has estado cerca de ella.

Las lágrimas asomaban a sus ojos, por eso Uugan se acercó.

—Te ayudaré a reunir a los animales para mañana, Galshan. Y no te preocupes por esa yegua. Le echaré una ojeada. Si veo que no puede seguir a los demás, la dejaré aquí con vosotros.

Con vosotros...

De repente, Galshan comprendió que el campamento de Tsagüng se vaciaría de todo lo que ella había conocido hasta entonces. Los balidos de las ovejas, su olor, la presencia de los caballos, el estrépito de sus cascos contra el suelo cuando emprendían desenfrenados galopes... Se quedaría sola con el viento, el sol y el viejo Baytar. Él era capaz de pasar días enteros sin pronunciar una palabra, de permanecer horas junto al fuego sin hacer otra cosa. A pesar de la ternura que le inspiraba, no se veía terminando el verano con el anciano como única compañía.

Dirigió a Uugan una mirada brillante y cargada de lágrimas.

—A menos que... —siguió él.

La estaba observando y Galshan sintió que su corazón se aceleraba.

—A menos que tú nos acompañes al norte. El rebaño es grande, los animales están débiles y contando a Tsaamed no seremos más que tres para ocuparnos de todo. Nos vendría bien alguien que echase una mano...

Galshan echó una ojeada a Baytar. Hacía como si aquello no fuese con él, como si no hubiese escuchado las últimas palabras de Uugan.

—¿Qué piensas, Ata? —insistió Uugan—. Galshan podría venir con nosotros, justo el tiempo de acompañar a tus animales y volver...

El viejo no movía un músculo, como si la historia no le concerniese.

—¿Ata?

Baytar parecía tallado en piedra. Tenía la mirada clavada en el valle y una expresión porfiada. Miles de arrugas cubrían su rostro como un caparazón. No diría nada.

Con el dorso de la mano, Galshan se limpió las lágrimas que rodaban por sus mejillas. Uugan quiso ponerle una mano en el hombro, pero ella lo esquivó, saltó sobre *Cabeza Negra* sin ensillarlo siquiera y lo lanzó al galope sin tener en cuenta el calor.

—¡Vuelve, Galshan! —gritó Uugan—. ¿Dónde vas?

—¡A donde me dé la gana! —aulló Galshan sin volverse.

Uugan la observó mientras se alejaba. Era cosa sabida que, a veces, Baytar tenía un carácter insufrible. Pero, en buena medida, Galshan lo había heredado.

OCHO

Precedida por los caballos, Galshan no regresó a Tsagüng hasta que hubo caído la noche.

Le había llevado horas acercarse al semental. Salía corriendo en cuanto lo intentaba, la esperaba un poco más lejos, vigilándola por el rabillo del ojo, como retándola. Después de conseguir pasarle la *urga*[14] por el cuello, ella había esperado que el animal lanzase coces y se encabritase pero, como si de pronto hubiese recordado la existencia de los hombres, se había quedado alerta, listo para huir pero atento a la voz de Galshan.

—*Guruj*, precioso... No te voy a hacer nada. *Guruj*...

---

[14] Larga pértiga de madera con un lazo y un nudo corredizo para atrapar a los caballos.

A cada *guruj*, Galshan avanzaba un paso. El caballo parecía hipnotizado por su voz. Sin dejar de hablarle, le había puesto la mano en el cuello, sacudido por largos escalofríos, y le había colocado trabas lo bastante holgadas para que no le estorbasen al marchar, pero suficientemente cortas para que no se le ocurriese escapar. Tomó el camino de vuelta al valle llevándolo por la rienda y el resto de la manada les había seguido, incluida *Töönejlig*, cuyo vientre parecía haber ensanchado aún más.

Los caballos pasaron la noche en un viejo recinto, cerca de las *gers*, de espaldas al viento, olfateando la cercana presencia de los humanos, que casi habían llegado a olvidar.

Las ovejas no se alejaban nunca mucho del campamento. Estaban todas allí, pisoteando lo que quedaba de la charca que Galshan había excavado cuando el suministro del manantial había empezado a escasear. Daba miedo ver la delgadez de la mayoría en pleno verano, cuando hubieran debido estar gordas y lustrosas. Galshan sabía que si llegaban al invierno sin haber tenido ocasión de recuperar sus reservas de grasa ninguna sobreviviría a los grandes fríos.

Pero Uugan estaría allí la mañana siguiente con todo su rebaño para llevarse a los animales de Baytar hacia los pastos que se habían librado de la sequía.

* * *

El día se alzó sobre un cielo inmenso y vacío, barrido por largas ráfagas de viento seco.

El viejo Baytar lió un cigarrillo, al que dio vueltas un momento entre sus gruesos dedos sin fumarlo. Desde la víspera, tras regresar ya de noche, Galshan no le había dirigido la palabra, pero él sabía que había conseguido traer a los caballos hasta el campamento. Pudo contarlos gracias al ruido de sus cascos sobre la tierra cuarteada. Estaban todos, incluso el semental. A él mismo le habría costado atraparlo de haber tenido que hacerlo solo. Pero Galshan lo había logrado. Lo que sentía, muy en el fondo, era orgullo.

A lo largo de los años había enseñado a su nieta todo lo que un pastor debe saber. Había aprendido a cuidar a los animales, a soportar los terribles fríos del invierno, a ayudar a las ovejas en el momento del parto. La había enseñado a defenderse de los ataques de los lobos y a poner trampas a las fieras salvajes... Ahora ella era capaz de hacerlo tan bien como él. Mejor a veces. Pero había más. Galshan tenía un don, entendía a los animales y su lenguaje, sabía qué camino tomar y cuál evitar, era capaz de pasar días enteros sola con el ganado como única compañía... Y nada de eso se aprendía. Galshan lo llevaba dentro, en su cabeza y en su sangre.

Como él, ella era una nómada. Estaba hecha para vivir allí y sustituirle ahora que se encontraba demasiado débil para encargarse de sus animales... Sin embargo, Baytar sabía que no era más que un sueño.

Iba a llevarse el cigarrillo a los labios cuando su mano quedó suspendida a medio camino... El perro que dormía a sus pies se enderezó de golpe alertado y gruñó sordamente, listo para atacar.

Baytar le retuvo por el collar.

—¡Calma, *Ünaa*! —murmuró el viejo poniéndose el cigarrillo entre los labios.

Estaba ciego, pero no sordo. A pesar del viento, que soplaba en dirección contraria, el hombre y el perro habían oído la misma cosa... Un zumbido imperceptible... Un sonido tan tenue que cualquiera lo habría confundido con el soplo del viento.

El viejo encendió el cigarro mientras el ronroneo se aproximaba de manera casi imperceptible. Detectaba a través de su palma la gran excitación del perro. Detrás de ellos, Galshan se encargaba de *Cabeza Negra*. Ella no había oído nada.

Eso era algo que no había conseguido aprender: a escuchar. Escuchar los ruidos que llegaban del horizonte, estar atento al menor murmullo, descifrar cada rumor...

Para eso, sin duda, uno tenía que haber nacido allí, donde el silencio es el amo, y no en la ciudad llena de ruido donde vivía habitualmente su nieta.

Baytar se olvidó de Galshan y concentró toda su atención en lo que escuchaba. Un sonido de motor... Tal vez un camión... O más bien un todoterreno... El viejo aguardó un instante antes de decidirse. ¡Sí, eso era! Un todoterreno acababa de entrar en el valle y se dirigía a Tsagüng.

Ayer había tenido una visita y hoy llegaba otra. Hacía años que no sucedía una cosa así. Saber quién era no planteaba ninguna dificultad. Él era el último habitante del valle y por allí nunca pasaba nadie. Galshan le había dicho un día que vivía en el fin del mundo. Y no se equivocaba.

Sólo una persona podía venir a verlo y Baytar no tenía ninguna duda acerca de la identidad de su visitante.

El gruñido del motor se distinguía ya con claridad, al menos para sus oídos. Galshan seguía sin enterarse. Por el ruido, Baytar supo que se disponía a colocar la silla.

Todos los músculos del perro vibraban. Gruñó con suavidad e intentó librarse de la mano que lo retenía.

—¡Calma, *Ünaa*! —murmuró el viejo estrechando su presa.

¿Cuánto tiempo más tendría que pasar antes de que su nieta lo escuchase finalmente?

NUEVE

Galshan se disponía a atar a *Cabeza Negra* cuando se quedó clavada. Permaneció un momento inmóvil, con el oído al acecho.

—*Kün irlec!* —gritó de pronto—. ¡Alguien viene, Attas! ¿Lo has oído? Y dices que nunca escucho nada. ¡Esta vez he sido la primera! ¡Y mucho antes que tú!

Eran las primeras palabras que le dirigía desde la víspera. Unos años antes Baytar habría puesto a su nieta en su sitio. Puede que hasta le hubiese dicho que era una imbécil, pero se limitó a sonreír.

—Y veo polvo —continuó Galshan—. Abajo, hacia el norte.

Saltó sobre *Cabeza Negra* a pelo y enfiló en dirección a la nube de polvo. El viejo soltó el collar de su perro y *Ünaa* salió disparado detrás de ella.

Baytar tanteó hasta sentir bajo sus dedos una rama de saxaul que echó al fuego y se preparó para recibir a su visitante: Ryham, su hijo, el padre de Galshan.

No le había visto desde que comenzó el verano, cuando había dejado a Galshan en Tsagüng. Sólo se veían en esas ocasiones. Una vez, cuando llegaba Galshan, y otra, a finales del verano, cuando se iba.

Ryham era su único hijo, pero llevaba una vida tan diferente a la suya que, casi siempre, el viejo tenía la impresión de encontrarse ante un extraño.

Durante mucho tiempo, Baytar había intentado convencerse de que su hijo seguiría la tradición, de que se convertiría en pastor y se haría cargo de su rebaño, como él se había hecho cargo del de su padre. Que vendría a vivir con él, en el valle, con una mujer que se ocuparía de los animales, como siempre se había hecho. Sí... De verdad lo había creído. Hasta el día en que Ryham se había encontrado con Daala, un mujer de ciudad, vestida a la occidental y que ejercía el curioso oficio, perfectamente inútil a los ojos del viejo, de profesora de inglés. Su hijo y aquella mujer se habían casado sin consultarle siquiera, y su vida transcurría en esa ciudad en la que Baytar siempre se había negado a poner los pies. Hasta el año anterior, Ryham había recorrido el país, y más allá de sus fronteras, al volante de un enorme camión cuyas ruedas eran más altas que un hombre. Y luego había tenido aquel terrible accidente[15].

---

[15] Véase *El desfiladero de las mil lágrimas*: (Alandar, 70).

Desde entonces, Ryham había dejado el camión, lo que no estaba mal. Pero en lugar de volver a vivir con él, como el viejo había esperado, su hijo había aceptado un nuevo trabajo, más extraño aún que el anterior... Que un hombre condujera caballos y ovejas formaba parte de la naturaleza de las cosas, pero que hiciese lo mismo —o casi— con extranjeros, turistas como él decía, superaba su comprensión.

Sin embargo, era lo que Ryham había decidido hacer tras su accidente. Ahora llevaba a cuestas a los cuatro puntos del país a aquellos «turistas» de piel pálida que se pasaban el tiempo con el ojo pegado a la ventanita de sus «aparatos fotográficos».

Baytar levantó la cabeza en la dirección de la que provenían, superpuestos, el golpeteo de los cascos de *Cabeza Negra* y el gruñido, cada vez más claro, del motor.

Todavía no era hora de que Galshan regresase a la ciudad. ¿A qué venía entonces Ryham?

DIEZ

Galshan entrecerró los ojos. A pesar de la polvareda que se alzaba en el aire, había reconocido de inmediato el viejo todoterreno de su padre y azuzaba a *Cabeza Negra* sobre la pista endurecida por la sequía. Hizo señas al vehículo.

—¡Papá! —gritó—. ¡Ryham!

Enmudeció. Su padre no venía solo. Viajaba con una mujer. Una extranjera. Nadie por allí tenía el pelo rubio. ¿Quién era? Galshan no tenía la menor idea. Razón de más para mostrarle su destreza.

Cuando llegó a la altura del todoterreno giró con brusquedad y puso de nuevo a *Cabeza Negra* al galope. Ryham comprendió enseguida lo que su hija esperaba de él. Aceleró ligeramente, con una sonrisa en los labios. Galshan golpeó con los talones los costados del *ikhnas*. Los músculos del animal se tensaron con el esfuerzo y *Cabeza Negra* se mantuvo exactamente a la altura del capó del todoterreno. Ryham pisó un poco más el acelerador y el morro del vehículo se adelantó unos metros bamboleándose sobre la pista en malas condiciones. Con los ojos entrecerrados a causa del polvo, Galshan se inclinó sobre el cuello de su montura.

—*Guruj!* ¡Vamos, bonito! Enséñales lo que sabes hacer.

Como si comprendiese el juego, el *ikhnas* alargó su zancada. Toda la fuerza del animal ascendía a través del cuerpo de Galshan, que se fundía con el galope de *Cabeza Negra*. El aire caliente silbaba en sus orejas y el estrépito de los cascos se mezclaba con el rugido del motor. El suelo pasaba tan deprisa que tenía la impresión de no tocar la tierra.

—¡Yiiiaaa!

A su lado, el todoterreno no paraba de dar tumbos. Ryham se disponía a acelerar todavía más cuando reparó en la mirada aterrorizada de su pasajera y se vio obligado a reducir la marcha.

—Perdóneme...

Galshan y *Cabeza Negra* caracoleaban ahora delante del coche. Él los señaló sonriendo.

—Señorita Harrison, le presento a Galshan, mi hija. Como puede ver, a veces hacemos estupideces...

Cuando Ryham llegó a Tsagüng, *Cabeza Negra* estaba rodando sobre la hierba seca, con el pelo empapado en sudor y la boca blanca de espuma, mientras

Galshan le esperaba con las manos en las caderas, despeinada y cubierta de polvo. A la vez que recobraba el aliento por la galopada, se inclinó ante la extranjera, con las manos juntas a la altura del pecho, y la saludó.

—*Saïn baïn uu*[16].

Retrocedió unos pasos sin dejar de observarla. La mujer era fascinante. Excepto en los periódicos occidentales o salvo los pocos turistas que había llegado a conocer aquí y allí, Galshan nunca había visto unos ojos tan azules, una piel tan blanca y un pelo tan rubio.

A decir verdad, no era demasiado guapa. No... Rara, más bien. Aquella mujer pálida le recordaba un poco a los rábanos conservados en salmuera que en ocasiones compraba su madre en el mercado. Galshan tuvo que contenerse para no echarse a reír. Un rábano con pelos amarillos...

—Galshan, te presento a Sofia Harrison —continuó Ryham—. La señorita Harrison es una fotógrafa estadounidense. Me ha pedido que la acompañase para...

Hablaba en inglés para que la mujer le entendiese.

—En realidad, creo que usted lo explicará mejor que yo.

Sofia Harrison se echó a reír.

—Buenos días, Galshan. Trabajo para una revista de viajes y preparamos un número especial sobre los nómadas. Cuando conocí a tu padre, me dijo que podía traerme a un lugar donde nunca venía nadie. Es decir, a éste. Y aquí estamos...

---

[16] Buenos días.

Sofia Harrison esperó un momento antes de seguir.

—Quizá hablo demasiado deprisa... Ryham me ha dicho que te manejabas en inglés tan bien como él, pero...

—Es gracias a mamá —la interrumpió Galshan—. Algunos días decide que es «English day» y nos obliga a hablar en inglés todo el tiempo. ¡Por algo es profesora!

—Lo sé... Tu padre me lo ha explicado durante el viaje.

Galshan sonrió. El rábano de pelo amarillo parecía simpático.

La sonrisa de Sofia se congeló cuando descubrió los ojos vacíos del viejo Baytar. La fijeza de su mirada resultaba casi insoportable. Sofia intentó escapar de ella echando un vistazo alrededor.

Así que eso era Tsagüng. Un antiguo campamento de nómadas abandonado cuyo último y único habitante era ese viejo ciego y frágil, el padre de su guía. Una veintena de delgadas ovejas triscaban por allí y algunos caballos piafaban en un recinto cerrado... Era todo lo que quedaba de los inmensos rebaños de la infancia de Ryham, de los que éste le había hablado por el camino. Un enorme perro de pelo enmarañado acudió a olisquearle las piernas antes de alejarse. El sol era agobiante y un viento abrasador agitaba la hierba. El calor era insoportable. El tiempo no había cambiado en semanas, puede que en meses...

Sofia husmeó el aire denso. El polvo flotaba en torno a los animales como una bruma sucia y el aire estaba cargado de olor a oveja. Nunca había tenido semejante sensación de soledad y abandono.

Ryham se acercó y se inclinó delante de su padre.

—Ata, te presento a la señorita Harrison. Ella...

—*Ükher mal tragalj baïn uu?* —le cortó el viejo clavando en ella su mirada de piedra.

«¿Ha engordado tu ganado?». Ningún saludo parecía menos apropiado para aquella mujer rubia, estadounidense y fotógrafa. El viejo Baytar era consciente de ello. Sofia Harrison se inclinó farfullando unas torpes palabras. El viejo ni siquiera hizo ademán de escucharla. Por una u otra razón, había decidido ignorar la presencia de la extranjera. Ryham dirigió a Sofia un gesto de disculpa y contempló a su padre.

El anciano había adelgazado desde su última visita. Parecía todavía más viejo y delicado, a punto de partirse como una ramita seca. Tampoco su voz tenía la firmeza de antes pero, en el fondo, Baytar no cambiaba. Tenía mal carácter y verdadero talento para hacer que la gente se sintiese incómoda.

—¿Qué ha venido a hacer esta mujer? —gruñó.

—Quiere hacer fotos.

El viejo hizo una mueca.

—Fotos... ¿De quién? No hay nada que pueda interesarle.

—Fotos del valle, de cómo se vive, de tu rebaño... —Ryham dudó un segundo—. A fotografiarte a ti, si estás de acuerdo.

El viejo se encogió de hombros. Molesto, Ryham cruzó su mirada con la de Sofia y se obligó a sonreír.

—Se lo había advertido, señorita Harrison. ¡La gente de aquí no siempre tiene buen carácter!

De repente levantó la mirada. Un ruido sordo llegaba desde el fondo del valle y una nube de polvo avanzaba lentamente hacia ellos.

—¡Es Uugan! —exclamó Galshan—. ¡Llega con su rebaño!

—¿Uugan? ¿Qué hace por aquí?

—Es por culpa de la sequía. Ha decidido ir al norte con sus animales. Parece que allí todavía hay agua y pastos. Se llevará a los animales de Attas...

Ryham miró a Sofia Harrison.

—¿Quería usted hacer fotos de nómadas con sus rebaños, señorita Harrison? Pues está de suerte. Nadie mejor que Uugan. Ese hombre pasa la mayor parte del tiempo con sus animales. Espero que sepa montar a caballo...

Sofia había puesto ya un enorme teleobjetivo a su máquina. La instaló sobre un trípode y empezó a hacer fotografías de la polvareda y las patas que avanzaban hacia Tsagüng.

ONCE

Apenas llegaron los rebaños, Ryham y Uugan se echaron el uno en brazos del otro. Ambos habían pasado buena parte de su juventud en Tsagüng, juntos, y se consideraban hermanos.

—Te presento a Sofia Harrison —dijo Ryham señalando con el brazo a la fotógrafa.

Uugan se inclinó, sin prestar atención a la mirada que ella dirigió a sus manos mutiladas.

Ryham explicó con pocas palabras lo que buscaba.

—No hay problema —dijo Uugan—. Si la extranjera quiere venir, puede hacerlo. Pero adviértele de lo que le espera. Con este calor y este viento, los próximos días no van a ser precisamente agradables.

Sofia asintió con la cabeza. Al día siguiente seguiría la ruta del norte con los rebaños en compañía de Ryham, que actuaría de intérprete.

* * *

Una noche cálida y ventosa cubrió el valle. Refugiados en torno a la estrecha corriente embarrada —la última en la que seguía corriendo un poco de agua— los sapos iniciaron de repente un concierto interminable. Sus cantos atravesaban la oscuridad con una regularidad obsesiva y se mezclaban con los balidos de las ovejas, los mugidos de los yaks y el sonido de los cascos de los caballos sobre la tierra endurecida.

El fuego de saxaul era la única mancha de luz y, en la sombra, Sofia adivinaba las siluetas de los animales cercanos. Frente a ella, el viejo Baytar parecía esculpido en piedra, mudo e insensible al humo que el viento empujaba hacia él. Daba la impresión de no preocuparse por los que se encontraban allí. Sin embargo, hacía años que Tsagüng no había visto pasar tanta gente ni tantos animales.

Sofia cogió una torta de cebada del plato que le tendía Galshan y consiguió pasar un trago del té salado sin hacer una mueca.

—How do you say «thank you»? —le preguntó.

—Baïrla.

—Baïrla —repitió Sofia.

Galshan se mordió las mejillas para no explotar de risa. El acento de la señorita Harrison no era precisamente bueno.

El trabajo de Sofia intrigaba a Uugan y Tsaamed. Y todavía más la idea de que había visto nómadas en otras partes, en otros países... La bombardearon a preguntas. Querían saber dónde y cómo vivían aquellas personas. Ryham servía de intérprete.

—Recuerdo un día que estaba en el Namib... —comenzó Sofia, dejando que un puñado de tierra seca se deslizase entre sus dedos.

Galshan se acercó. La noche bullía con el sonido de los rebaños, el canto de los sapos y el gañido de los zorros cazando. Las ráfagas de aire caliente atizaban el fuego, pero ella sólo oía la voz de la fotógrafa. Sofia sacó un ordenador de su mochila y, sin dejar de hablar, les enseñó fotografías de los países en los que había estado. En el otro extremo del mundo, a miles de kilómetros de Tsagüng.

Todos la escuchaban en silencio mientras las yeguas de Uugan y Tsaamed dormían a unos pasos de allí, acurrucadas la una contra la otra sobre una manta.

Escondido en las sombras, el viejo Baytar no entendía una palabra de lo que contaba la extranjera y no veía lo que mostraba pero, por el silencio de Galshan, adivinaba que esa velada era distinta a las demás. Nunca había notado a su nieta tan atenta. Las palabras de aquella mujer, su voz y las imágenes que enseñaba, parecían hechizarla.

Galshan se le escapaba como el agua cuando corre entre los dedos. Y él sabía que, como el agua, sería inútil intentar retenerla...

A tientas, lio un cigarrillo y el tabaco le supo más amargo que de costumbre.

DOCE

Ya era muy tarde cuando Sofia Harrison apagó su ordenador. Les había hablado de lugares y gentes cuya existencia ni siquiera sospechaban, y la habían escuchado en completo silencio.

Galshan desplegó su manta de fieltro y se estiró debajo de ella, directamente sobre el suelo. Hacía tanto calor que no tenía ganas de encerrarse en el ambiente asfixiante de la *ger*. Los otros se marcharían al día siguiente. Ella les acompañaría hasta la entrada del valle, luego volvería a Tsagüng y se quedaría a solas con Baytar mientras todos los demás seguirían hacia el norte. Al imaginárselo, una especie de vacío le invadió el pecho. Con los ojos abiertos de par en par en mitad de la noche, contuvo las ganas de echarse a llorar. Miríadas de estrellas parpadeaban encima de ella, oscurecidas a veces por las nubes de polvo que arrastraba el viento.

Jamás había conocido a nadie como Sofia Harrison. Alguien que había viajado tan lejos e intentaba comprender la vida de las gentes hasta en sus más pequeños detalles... Sus fotos la habían transportado a miles de kilómetros de Tsagüng, junto a personas con las que sin duda jamás se cruzaría. En una sola noche, aquella mujer le había entreabierto las puertas de un mundo que desconocía.

Hacía rato que los otros dormían cuando Galshan tomó su decisión. Excitada como un cachorro, se levantó y con los ojos desorbitados por la oscuridad se acercó a *Töönejlig*. Mientras le acariciaba el vientre, le murmuró largo rato al oído.

—¿Tú qué piensas? —le preguntó finalmente.

La lengua rasposa de la yegua le lamió la piel.

—Bien. Estás de acuerdo. Pero eso no basta...

Además, había que convencer a su padre y a Sofia... No resultaría muy difícil, pero lo más duro sería hablar con Baytar.

¿Cómo reaccionaría el viejo si en vez de quedarse con él en Tsagüng, tal y como estaba previsto, acompañaba a Uugan y los rebaños al norte? Serían unos pocos días y luego volverían a reunirse. Después de todo, Baytar estaba acostumbrado a quedarse solo.

El rastro luminoso de una estrella fugaz atravesó el cielo. Había leído en alguna parte que se trataba de pequeñas partículas interestelares que ardían al entrar en la atmósfera. Aunque Baytar tenía una explicación muy distinta. Para él, una estrella fugaz significaba que alguien acababa de morir y que su espíritu abandonaba la Tierra. Estaba convencido de que si se formulaba un deseo al paso de la estrella, el muerto se encargaría de que se cumpliese.

Galshan sabía lo que deseaba. Murmuró unas palabras a toda prisa, pero demasiado tarde. El rastro de luz se había apagado hacía tiempo.

Permaneció un momento mirando el cielo con la esperanza de descubrir otra, pero al final la venció el sueño.

Los sapos seguían croando a pleno pulmón y la respiración acompasada de los animales se mezclaba con el silbido del viento. A ciegas, el viejo Baytar se aproximó a Galshan y se sentó justo detrás de ella. Sólo la minúscula brasa roja de su cigarro lo traicionaba en la oscuridad. Era el único que estaba despierto, el único que escuchaba la respiración de su nieta que dormía.

TRECE

Cuando Galshan se despertó, la luz era sólo un halo blanquecino por encima de las montañas. Uugan y Tsaamed acababan de cargar los yaks, que se dejaban hacer sin moverse mientras arrancaban y mordisqueaban puñados de hierba amarillenta. Sofia Harrison seguía durmiendo, y también su padre, pero el fuego ardía a su lado. Alguien había mantenido encendida la hoguera durante la noche. Se volvió.

Baytar estaba acuclillado a unos pasos de ella, medio oculto en la oscuridad.

—¿Attas?

Las arrugas del viejo se plegaron en una especie de sonrisa. Ella comprendió que había permanecido así desde la víspera.

—¡Has pasado ahí toda la noche!

Baytar asintió con la cabeza.

—¿No has dormido?

—Soy viejo, Galshan, y no tengo mucho tiempo que perder. Tenía cosas más importantes que hacer que dormir.

—¿Cuáles?

—Oír tu respiración.

Galshan le miró como si se estuviese volviendo loco.

—Quieres decir que has pasado toda la noche escuchándome...

—Mmm... Y echando leña al fuego.

—Pero ¿por qué?

—Para aprovechar que aún estoy lo suficientemente vivo para oírte.

Galshan se sentó a su lado. Aunque eran los primeros momentos del amanecer, el aire estaba ya increíblemente caliente. En la hierba no había la menor traza de rocío.

—No sé qué contó la extranjera anoche, pero sentí que le prestabas toda tu atención —continuó el viejo—. Esa mujer ha hecho nacer en ti proyectos que no estaban ahí antes. Como si te mostrase un nuevo camino...

Sólo con escucharla dormir, el anciano había intuido lo que se había puesto en marcha. Era como si se hubiese introducido en su espíritu durante el sueño. Ahora ella debía contárselo. Así que hundió los dedos en el pelo polvoriento del perro que dormía a sus pies, con la cabeza entre las patas, y aspiró una bocanada de aire.

—Attas... Yo... yo quería preguntarte si...

No le salían las palabras.

—Si puedes acompañar a los rebaños al norte, como la extranjera —concluyó Baytar.

—¿Cómo lo sabes?

—No es difícil de adivinar.

Galshan vio que su padre salía de la *ger* y se dirigía hacia ellos.

—¿Y? —preguntó ella a media voz—. ¿Estás... estás de acuerdo?

—Soy un viejo nómada, Galshan. Y tú eres la nieta de un viejo nómada... ¡Mira a tu alrededor! Si quisiera irme mañana, no tendría más que decidirlo. Nada me retiene. Mi casa viaja a lomos de un yak y mis animales viven libres. Mi padre decía que somos hijos del viento. Y no se puede encerrar al viento. No voy a retener a mi nieta.

Ryham se encontraba a un centenar de pasos.

—*Baïrla*, Attas —murmuró Galshan—. Gracias.

Estrechó furtivamente la piel cuarteada de su mano y, por primera vez, el viejo posó su palma en la mejilla de Galshan. La dejó allí un instante, intentando descifrar su rostro pero, incluso así, no conseguía hacerse una idea.

Ryham se agachó junto al fuego.

—¿Qué estáis tramando? ¡Se diría que no os habéis acostado esta noche!

CATORCE

Sofia Harrison salió de su tienda con los ojos aún hinchados a causa del sueño. Todavía no eran las seis, pero el viento quemaba la piel. Uugan y su mujer ya estaban reuniendo a sus animales y los perros ladraban excitados ante la idea de la partida.

Galshan se plantó de golpe delante de ella.

—¡Hola, Galshan! Parece como si me estuvieras espiando.

—Te... te estaba esperando —farfulló con una voz tan débil que Sofia tuvo que agacharse para entenderla—. Quería... quería preguntarte si te importaría que fuese con vosotros. Mi padre dice que está de acuerdo si a ti te parece bien...

—¿Acompañarme? ¡Es una idea genial! Precisamente me hace falta una ayudante.

Galshan enrojeció de dicha. Se llevó ambas manos al pecho y se inclinó ante Sofia con los ojos brillantes.

—*Baïrla*, Sofia. Gracias.

—Pero tu abuelo...

—Ya hemos hablado de eso.

Galshan se aproximó al fuego junto al viejo, que enrollaba su primer cigarrillo del día.

—¡Sofia está de acuerdo, Attas! La extranjera está de acuerdo. Me voy con los rebaños... Pero volveré pronto, en cuanto encontremos pastos. Te lo prometo. ¿No te importa?

El anciano puso su mano apergaminada en el brazo de Galshan.

—Acabo de decírtelo, Galshan, nada ha podido atar nunca a un nómada. Eres libre.

Encendió su cigarro en el momento en que Sofia Harrison se acercaba con su cámara de fotos colgada. Unió las manos y se inclinó delante del anciano como había visto hacer a Galshan.

—*Saïn baïn uu* —farfulló—. Buenos días...

El viejo volvió hacia ella su mirada vacía y gruñó algunas palabras.

Sofia le hizo un gesto a Galshan.

—Me gustaría hacerle algunas fotos a tu abuelo. ¿Crees que le parecerá bien?

—Me extrañaría, pero puedo preguntárselo.

Para sorpresa de Galshan, el viejo no dijo que no.

—Pregunta a la extranjera qué quiere hacer con ellas.

—Se las enseñaré a la gente de mi país —tradujo Galshan—. Tal vez salgan publicadas en la revista para la que trabajo y miles de personas podrán verlas.

El viejo soltó una sonrisa mellada. No imaginaba muy bien lo que suponían miles de personas, pero de todos modos eran muchísimas más de las que había visto a lo largo de toda su vida.

—¿Quieres decir que toda esa gente podrá verme hasta en la otra punta de la Tierra?

—¡Por supuesto! A ti y a muchos otros que he conocido en el transcurso de mis viajes.

El viejo aspiró suavemente el humo de su cigarrillo.

—Entonces, espera un momento.

Se levantó con dificultad y se alejó con paso inseguro hacia su *ger* con una mano apoyada en el hombro de Galshan. Ryham les observaba. Nunca había visto a su padre aceptar la ayuda de nadie. Esas semanas de calor y sequía le habían agotado. ¿Cuánto tiempo más podría continuar viviendo allí solo?

Unos instantes después, Baytar volvió a salir vestido con su *deel*[17] más vistoso, un traje de fiesta que su mujer había bordado hacía muchos años y que sólo sacaba en las grandes ocasiones. Intentó subirse a *Cabeza Negra,* sin conseguirlo. Hizo un segundo intento y luego un tercero antes de recostarse sin aliento contra en el flanco del caballo.

—Ni siquiera soy capaz de hacer esto —dijo sin resuello.

---

[17] Túnica tradicional.

Galshan percibió una sensación desagradable en su corazón, como si hubiese dejado de latir por un momento. Se acercó para ayudar, pero el viejo la apartó y logró subirse a la silla solo.

Se tomó su tiempo para alisar los pliegues de su *deel*, se enderezó y volvió sus ojos vacíos hacia Sofia.

—Ya está. Estoy preparado. Toma tus fotos.

QUINCE

Uugan y Tsaamed habían terminado de reunir a sus animales: casi doscientas ovejas, una veintena de caballos y casi otros tantos yaks muy cargados, a los que se sumaba el pequeño rebaño de Baytar. De espaldas al viento, aguardaban el restallar en el aire del látigo de Uugan para ponerse en marcha.

Uugan se apartó de su rebaño y al trotecillo llegó adonde se hallaba Galshan.

—Así que nos acompañas. ¿Están listas tus cosas?

—Soy una nómada —replicó Galshan sonriendo—. ¡Baytar no deja de repetírmelo! Siempre estoy lista para partir...

Uugan estaba a punto de dar la señal cuando un cuervo se posó casi a los pies de Baytar. Parecía surgido de ninguna parte y observaba a los humanos con sus ojillos brillantes como cuentas de cristal negro. Se balanceó un instante antes de emitir un cascado graznido.

El viejo dirigió su mirada apagada hacia el lugar del que había partido el grito. El cuervo permanecía inmóvil, con las plumas revueltas por el viento. Todos guardaban silencio. Que un cuervo se posase tan cerca de una persona era un signo que todos los nómadas comprendían. Señal de que la muerte y la desgracia rondaban a su próxima víctima...

—*Khilitei shobo*[18]—murmuró Baytar—. Es un mensajero de mal agüero, Ryham. Y es a mí a quien viene a ver.

A su pesar, Ryham sintió un escalofrío.

Cuando era niño, Baytar le había enseñado a descifrar los sueños y a interpretar la forma de las nubes o el vuelo de las aves... El viejo estaba convencido de que podía leer en ellos el futuro y acomodaba todos los instantes de su vida a aquellos signos que lo rodeaban. Ryham había creído en ellos durante toda su infancia, pero eso se había acabado. Un cuervo era un cuervo, y nada más. ¡Y aquél iba a largarse!

Recogió una piedra para tirársela al animal, que apenas reculó con las alas desplegadas y el pico entreabierto. El viejo sacudió la cabeza.

—Es inútil. Hace siglos que todo el mundo sabe lo que anuncia el *Khilitei shobo*. No sirve de nada ignorar las señales, Ryham, ellas no se olvidan de ti.

---

[18] «El pájaro que habla».

Galshan, Uugan, Tsaamed... todos tenían la vista clavada en el cuervo que los contemplaba de hito en hito. El viejo no se movía.

—¿Qué pasa? —preguntó de repente Sofia.

Estaba guardando su máquina en una maleta y no había visto nada. Nadie respondió. Ryham dio otro paso hacia el cuervo, que alzó pesadamente el vuelo antes de volver a posarse prácticamente en el mismo sitio.

—¿Pero qué sucede? —repitió Sofia—. ¿Me lo podéis explicar?

—Nada —murmuró Ryham—. No es nada. Mi padre sigue muy vinculado a las antiguas supersticiones. Y una de ellas dice que cuando un cuervo se posa cerca de ti graznando anuncia un peligro...

El viento levantó una nube de polvo y algunos caballos relincharon.

—Un grave peligro —añadió Ryham sin saber muy bien por qué.

Como si no tuviese nada que temer del grupo, el cuervo se acercó aún más a Baytar. Ryham lo alejó con un gesto, y con un nuevo graznido el pájaro se colocó en lo alto de la *ger*. El viejo mantenía la cabeza orientada hacia el cuervo, como si a pesar de sus ojos pretendiese localizarlo.

—De todos modos, ya no valgo para nada —murmuró—. Ni siquiera puedo montar a caballo.

—No te ocurre nada, Ata. Es este calor que te fatiga...

Ryham dudó un instante y su mirada se cruzó con la de Galshan. De golpe se volvió hacia Sofia Harrison.

—Me voy a quedar aquí, señorita Harrison. Hace mucho tiempo que no he tenido ocasión de pasar unos días con mi padre. Galshan le servirá de intérprete. Está perfectamente capacitada y conoce la vida de los rebaños mil veces mejor que yo. Contará con los mejores guías del mundo: ella, Uugan y Tsaamed.

El viejo permanecía muy derecho, en pie junto a su caballo. De nuevo, los ojos de Ryham se cruzaron con los de Galshan, que estaba a punto de llorar.

—¡Vamos! —dijo Uugan—. Tenemos que irnos. Me gustaría llegar a la entrada del valle antes de las horas de más calor. Hay un manantial allí abajo, espero que corra todavía. Los animales podrán descansar y reemprenderemos la marcha después de mediodía. ¿Qué piensas tú, Ata?

El viejo afirmó con la cabeza.

—Es lo mismo que yo habría hecho.

Tsaamed tendió a Sofia las riendas de su caballo.

—Tenga. Es lo que aquí llamamos un *nomkhon*[19].

Galshan se inclinó primero ante su padre y luego ante su abuelo.

—*Saïn suuj baïgarai*[20], Attas.

—*Ayan zamda saïn iavarai*[21], Galshan.

La mirada ciega del anciano permanecía clavada en su nieta.

—Regresaré muy pronto —susurró ella.

---

[19] Caballo tranquilo.
[20] «Que tu estancia aquí sea agradable».
[21] «Que tengas un buen viaje».

El viejo hizo un gesto afirmativo con la cabeza y ella saltó al lomo de *Crines de Nieve*, una de las yeguas de Baytar. El látigo de Uugan restalló en el aire y sus perros ladraron.

—¡Yiaaa!

Como un inmenso mecanismo, el enorme rebaño se puso en marcha levantando una densa nube de polvo. La tierra temblaba bajo los centenares de patas que la golpeaban. Las ovejas lanzaban lastimeros balidos y los perros corrían de un extremo a otro empujando a los animales rezagados. Bamboleándose a ambos lados de un gordo y plácido yak, los gemelos estallaron en risas. La pesada carreta de madera sobre la que Uugan había colocado la *ger* y todo su mobiliario chirrió al ponerse en movimiento. *Töönejlig* iba detrás, atada con una correa a uno de los largueros. Galshan se giró. Su padre y el viejo tenían la mano levantada. La silueta del anciano se iba haciendo cada vez más pequeña, envuelta en polvo. Galshan lanzó una rápida ojeada a la *ger*. El cuervo había desaparecido.

La muchacha espoleó su caballo y alcanzó a Sofia.

DIECISÉIS

Uugan cabalgaba en cabeza. A pesar de los gritos que lanzaba y los restallidos de su látigo, los animales estaban atorados, completamente agotados por el calor y el ataque encarnizado de las moscas. El polvo que levantaban los centenares de pezuñas volvía el aire casi compacto, y espesos torbellinos de arena ocultaban el horizonte. El sol golpeaba con mayor dureza aun que los días previos.

Galshan distinguió a Tsaamed a través de la ocre cortina de polvo. La mujer de Uugan se mantenía alejada para proteger a sus hijos, y el rebaño fluía entre ambas como un río. *Töönejlig* y el gran yak que cargaba con los gemelos la seguían con los ojos entrecerrados. Sofia, que estaba a sólo unos pasos de Galshan, salió de repente disparada con su caballo y se alejó al trote.

Galshan la alcanzó inmediatamente y se puso a su altura. Uugan le había pedido que cuidase de la extranjera, al menos el primer día. Aunque parecía cómoda a lomos de un caballo, él había conducido suficientes rebaños para saber que una vez en marcha los animales se volvían sordos y ciegos. Avanzaban pegados los unos a los otros, embrutecidos por el cansancio y el calor, atontados por el ruido y cegados por el polvo y el viento. Una vez lanzados lo arrasaban todo a su paso y no hacían distingos entre un obstáculo cualquiera y un jinete caído en el suelo. Lo pisoteaban todo, fuera lo que fuera.

Sofia se detuvo a cierta distancia, sobre una pequeña escarpadura.

—¿Qué haces? —preguntó Galshan bajando el pañuelo de algodón que le protegía la cara.

—Mi trabajo.

Sacó su cámara e hizo algunas fotos del rebaño rodeado de polvo antes de orientar de pronto su objetivo hacia Galshan. Pulsó el disparador. «Clic, clic».

—¡Ya está! ¡Te tengo en mi cajita!

—No suelen hacerme fotos a menudo —dijo, riendo, Galshan.

—¿Y a tu abuelo?

—¿A él? Estoy casi segura de que las que tú le hiciste fueron las primeras.

—Estaba muy guapo esta mañana.

Galshan se quedó mirando a Sofia para ver si se burlaba, pero no. Parecía totalmente sincera. Baytar guapo... ¡Era la primera vez que oía algo parecido!

—Quería preguntarte... —continuó Sofia—. Esa historia del cuervo, ¿qué significa exactamente?

Galshan titubeó.

—Oh, son antiguas leyendas. Historias de otros tiempos...

—¿No quieres contármelo?

—Sí, claro que sí. Es sólo que... que no me gusta mucho hablar de esas cosas. Algunos dicen que cuando graznan, los cuervos anuncian la muerte de personas. Mi abuelo lo cree a pies juntillas, pero te repito que son cuentos de viejas.

—¿Y tú lo crees? —preguntó Sofia protegiendo su máquina del polvo.

Galshan asintió.

—Un poco, sí...

* * *

Al volver con Sofia junto al rebaño, Galshan se fijó en dos ovejas. Aunque los perros las hostigaban, permanecían rezagadas. Una llevaba la marca de Baytar y otra la de Uugan. Parecían estar ya al límite de sus fuerzas y vacilaban con cada paso al tiempo que lanzaban lastimosos balidos. Galshan se aproximó al galope. Con un gesto ahuyentó los enjambres de moscas que zumbaban a su alrededor y las animó a voces.

—¡Venga, ovejitas! ¡Vamos!

Dio la impresión de que recuperaban algo de fuerza, pero tras dar algunos pasos la de Baytar cayó desplomada con las rodillas en el polvo y la boca rodeada de espuma blanca. Galshan saltó del caballo e intentó levantarla. La oveja se debatió un breve instante antes de quedar inmóvil a pleno sol, con sus gruesos ojos vidriosos clavados en Galshan y la respiración ronca. La otra se había parado un poco más lejos, con las patas temblorosas e incapaz de dar un solo paso más, como si estuviese soldada al suelo.

Uugan llegó junto a Galshan. Observó un instante la respiración irregular del animal y la espuma blanca que le brotaba del hocico.

—Está demasiado débil, Galshan. No hay nada que hacer.

Sacó la carabina del estuche fijado a su silla.

—¡Pero todavía está viva! —exclamó Galshan—. Si le das de beber seguirá adelante.

Uugan sacudió la cabeza.

—No tengo agua suficiente para dársela a un animal así. De todas formas, no tendrá las fuerzas necesarias para seguir al rebaño.

—¿Y si la cargo en mi caballo?

—Sólo serviría para cansarlo inútilmente. También él necesita todas sus fuerzas. Nos falta mucho para llegar y nadie sabe lo que nos espera en el camino.

Sofia se acercó, con su cámara en la mano, mientras Uugan tendía el arma a Galshan.

—Este animal pertenece a tu abuelo. Te corresponde hacerlo a ti...

Galshan sacudió la cabeza sin responder. «Baytar lo habría hecho», pensó. Uugan disparó una vez y los caballos se sobresaltaron y agacharon las orejas.

A continuación se acercó a la otra oveja. Todos sus músculos se estremecían y balaba de angustia. La examinó un momento y disparó de nuevo, esta vez sobre su animal.

A algunos pasos de allí, Sofia tomaba fotografías. Los buitres, misteriosamente informados, ya describían círculos en el cielo, justo sobre el lugar en el que Uugan acababa de abatir a los dos animales. Sofia se alejó y esperó. Los carroñeros se posaron, dirigiéndoles ojeadas desafiantes y, con su andar bamboleante, se aproximaron a las ovejas.

De repente, el primero hundió su pico en la carne aún caliente.

«¡Clic, clic, clic!».

Por encima del sonido del viento, Galshan oyó el tenue repiqueteo que producía el disparador de la máquina de Sofia mientras ésta tomaba una foto tras otra.

DIECISIETE

Hacia más de cuatro horas que los animales habían salido de Tsagüng. El sol estaba ahora prácticamente en la vertical del horizonte. A pesar de su deseo de avanzar lo más rápidamente posible hacia el norte, Uugan debía tener en cuenta las fuerzas del rebaño. Desde lejos, Galshan le vio levantar el brazo y adivinó, más que escuchó, su grito.

—*Zogs!* ¡Alto!

Los animales se detuvieron en medio de un tremendo barullo, empujándose los unos a los otros. Balaban hasta perder el aliento, empapados en sudor y polvo. Los asaeteaban las moscas mientras hilillos de baba blanquecina se les adherían al pelo. Por iniciativa propia, se pegaron a los peñascos en busca de las escasas sombras. Algunas ovejas lamían las piedras para extraer de ellas algo de frescor.

En aquel punto acababa el valle. A lo lejos, Galshan adivinaba las altas colinas quemadas por el sol. Una marca de color más claro serpenteaba entre la hierba. Arena y guijarros... Era todo lo que quedaba del arroyo que normalmente corría allí.

—Nunca lo había visto seco —murmuró Uugan.

Examinó el declive del valle antes de mirar a Galshan.

—Hay un manantial arriba —dijo—. El viejo me lo ha mencionado varias veces, pero nunca he estado allí. ¿Serías capaz de encontrarlo?

Ella asintió con la cabeza. Había ido a menudo con Baytar. Enfiló su caballo en dirección a un minúsculo sendero, pendiente del menor rastro de humedad: una mata de hierba un poco más verde que las otras, el paso de un pájaro... Pero hasta donde alcanzaba su mirada, no había otra cosa que tierra cuarteada por el viento y el sol.

Galshan siguió adelante. Las escarpaduras le impedían ver ahora los rebaños, pero seguía escuchando con claridad los balidos incesantes de las ovejas y los mugidos de los yaks. Los animales tenían sed. Aunque Uugan no había dicho nada, Galshan sabía que si no bebían antes de concluir el día, pocos serían capaces de continuar.

Como ellos, *Crines de Nieve* estaba empapada en sudor y babeaba, extenuada tras horas de marcha a pleno sol.

—*Guruj* —murmuró, inclinándose sobre el cuello del caballo—. ¡Venga! Ayúdame. Tenemos que encontrar ese manantial.

¿Qué ocurriría si también estaba seco? ¿Dónde hallarían agua?

Galshan desechó la idea y se concentró en el paisaje que la rodeaba.

Según recordaba, el agua manaba un poco más arriba, junto a una gran peña negra que sugería la silueta de una mujer ligeramente encorvada. Baytar la llamaba *Gadÿn*, «La mujer que llora». Él afirmaba que no había dejado de llorar desde la muerte de su esposo, asesinado en la guerra, y que eran lágrimas lo que corría a sus pies. La primera vez que habían estado allí juntos, le había hecho una advertencia a Galshan: los viajeros que bebían de esa agua sin saludar a Gadÿn provocaban la cólera de los espíritus del manantial.

Cuando Baytar no era más que un niño, un pastor había hecho beber allí a sus animales y se había alejado sin preocuparse de Gadÿn. La venganza de los espíritus había sido inmediata. Habían asustado a su caballo, que se encabritó y lo tiró antes de huir a galope tendido. El pastor, que se había partido las piernas en la caída, tuvo que arrastrarse hasta la sombra de las rocas y había esperado todo el día a que pasase alguien. Pero el lugar estaba desierto y sólo acudieron los lobos. Habían despedazado una a una las ovejas de su rebaño antes de acabar con él, mientras en el aire resonaban las burlas de los espíritus del agua...

Baytar creía firmemente en todas aquellas historias, pero el padre de Galshan se reía de ellas. «Son leyendas sin pies ni cabeza», decía encogiéndose de hombros. Galshan no sabía muy bien qué pensar. Si bien las historias parecían absurdas, no era capaz de reírse de ellas. Por lo que sabía, nadie había visto nunca un espíritu, pero era difícil estar segura. ¿No decía el viejo que habitaban en la oscuridad de la noche, la profundidad de los manantiales y los gemidos del viento?

Crines de Nieve rodeó un montón de piedras desprendidas y Galshan reconoció enseguida aquella que se alzaba ante ella. Se trataba de Gadÿn. El viento, el frío y la lluvia le habían esculpido un rostro y su mirada de piedra parecía acechar a los viajeros. De pronto, antes de que Galshan hiciese nada, *Crines de Nieve* aceleró el paso. Galshan sonrió. La yegua había sentido el agua mucho antes que ella: ¡el manantial seguía corriendo! Se vertía en un pequeño estanque de piedras, justo a los pies de la plañidera y después corría unos metros, perdiéndose en la tierra seca. Mientras su yegua bebía largos tragos, Galshan se inclinó ante Gadÿn. Añadió una piedra al *owoo*[22] que se alzaba a sus pies y, a media voz, le preguntó cómo estaba.

—*Saïkhan zusalj baïn uu?*[23]

Solamente respondió el aliento cálido del viento, pero Galshan se inclinó de nuevo antes de beber.

—*Baïrla* —dijo al levantarse—. Gracias por manar... Si consientes en dar tu agua a todo el rebaño, te ofreceré una piedra por cada animal.

---

[22] Pirámide de piedras levantada para señalar un lugar importante (cumbre, paso, tumba, manantial...). La tradición dicta que cada persona que pase añada una piedra al *owoo*.

[23] «¿Qué tal estás este verano?».

* * *

El mediodía pasó mientras dejaban beber al rebaño. Galshan subía a los animales hasta la fuente: de uno en uno los caballos y yaks, las ovejas en pequeños grupos de tres o cuatro. Abajo, Uugan y su mujer retenían al resto del rebaño que se agitaba impaciente. Con cada tanda, Galshan murmuraba la misma plegaria: «Gracias por manar». Después esperaba a que el reducido estanque de piedras estuviese lleno de nuevo, y se le hacía un nudo en el estómago al pensar en lo que ocurriría si el agua dejase de surgir de repente.

Töönejlig fue de las últimas en beber. Antes que ella, centenares de animales habían pisoteado las inmediaciones de la fuente, que ahora eran sólo una charca embarrada. Miles de tábanos y moscas zumbaban excitados por el olor embriagador del agua y de los animales. Galshan recogió puñados de barro y los extendió sobre la piel de *Töönejlig* para protegerla del sol y las picaduras de los insectos. Por momentos, sentía bajo las palmas de sus manos los movimientos del potrillo en el vientre de su madre.

—Ni se te ocurra moverte de ahí —le dijo—. Prohibido salir hasta que encontremos hierba rica y verde. ¿Entendido?

«Clic». La sobresaltó el ruidito de la cámara de fotos.

—¿Con quién hablabas? —preguntó Sofia.

—Con el potro que lleva en el vientre *Töönejlig*. Le he pedido que no nazca antes de que lleguemos.

—¿Y crees que te obedecerá?

Galshan sacudió la cabeza. Era inútil tratar de explicarlo. Los extranjeros no comprendían nunca estas cosas.

—Hemos tenido mucho trabajo durante este mediodía —dijo disimulando una sonrisa—. ¿Por qué no nos has ayudado?

—No sé ocuparme de los animales, Galshan. Tampoco tú sabes hacer fotos.

—¿Sólo sabes hacer fotos?

—No, pero yo...

—¿Sabrías cargar piedras, por ejemplo?

—Claro que sabría, pero por qué quieres que...

Galshan cogió con cuidado la cámara de las manos de Sofia y la depositó en una roca.

—Entonces me echarás una mano. He prometido al manantial que le daría las gracias añadiendo al *owoo* una piedra por cada animal del rebaño. Entre los de Baytar y los de Uugan son doscientos cincuenta y uno. Los he contado.

Sofia abrió los ojos de par en par.

—¿Quieres que movamos doscientas cincuenta y una piedras? ¿Con este calor? ¡Es una locura, Galshan!

—Dar las gracias a alguien no es ninguna locura. El manantial ha hecho el esfuerzo de ofrecernos su agua hasta el final a pesar de la sequía. Mientras tanto has tirado tus fotos y todos nuestros animales han bebido. Así que ahora nosotras podemos hacer el esfuerzo de levantar un *owoo* todavía más alto a pesar del calor, ¿no? Mira, no es complicado, sólo hace falta escoger las piedras más bonitas, como ésta...

Y tendió a Sofia la piedra que acababa de recoger.

DIECIOCHO

Uugan pasó el resto de la jornada llenando de agua los odres de piel de cabra y cargándolos después a lomos de los yaks mientras Tsaamed bañaba a sus gemelos en la fuente. Aún corría el agua, pero nadie podía prever lo que les esperaba en el camino durante los próximos días.

El día terminaba y la tierra humeaba, ahogada por el calor. Los rebaños estaban listos para reemprender la ruta hacia el norte. El látigo de Uugan restalló.

—¡Yiiiaaa!

En medio de una cacofonía de balidos y ladridos, los animales volvieron a ponerse en marcha. El valle de Tsagüng se esfumó en la penumbra y el polvo, mientras se extinguían los últimos reflejos de luz.

Uugan esperó a que la oscuridad fuese completa para colgar una linterna en cada uno de los cuernos del más grande de sus yaks, el que iba en cabeza, mientras Sofia lo fotografiaba. Él le explicó que ese yak era el jefe del rebaño y Galshan lo tradujo. Serviría de guía y referencia durante la marcha nocturna.

Pese a las largas ráfagas de viento que les golpeaban, los animales avanzaban en la oscuridad sin tropezar, apretados los unos contra los otros, y la tierra vibraba a su paso. Galshan y Sofia cabalgaban juntas, en silencio. Sobre sus cabezas, hasta el horizonte, el cielo estaba cuajado de estrellas.

Uugan había decidido que el rebaño viajaría hasta la salida del sol. Tenían horas por delante y Galshan se adormeció mecida por el ritmo de su caballo.

Un ruido inhabitual la sacó de su duermevela con un sobresalto. Los animales... Eran los animales. Algo en su comportamiento acababa de cambiar de repente. Hasta entonces habían permanecido tranquilos, pero ahora se empujaban y revolvían lanzando inquietos balidos. Uno de los perros ladró con el cuello estirado hacia arriba, como cuando un peligro amenaza de pronto al rebaño. A lo lejos el gran yak mugía...

Algo pasaba, pero Galshan no era capaz de decir qué. Con todos sus sentidos alerta, se incorporó sobre los estribos e intentó penetrar la oscuridad. La noche era tan oscura que apenas distinguía la cercana silueta de Sofia, que daba cabezadas. Iba medio dormida y no se había dado cuenta de nada. Muy por delante, difuminadas por el polvo, las linternas del gran yak se bamboleaban de un lado a otro, como si también él quisiese acelerar el paso.

Los perros empezaron a aullar todos juntos como hacían en invierno cuando sentían la proximidad de los lobos. Sofia se enderezó de golpe.

—¡Galshan! ¿Qué sucede? ¿Qué está pasando?

El corazón de Galshan latía con violencia mientras intentaba adivinar las razones de aquella agitación, pero mirase donde mirase todo estaba a oscuras. Se hubiera dicho que mucho más que antes.

—Parece que los animales están asustados —dijo.

—¿Asustados? ¿De qué?

Galshan no contestó, pero un verano tras otro Baytar le había enseñado que los animales percibían el peligro mucho antes que los humanos. Si mostraban miedo era porque había una buena razón para tenerlo...

Las ovejas estaban cada vez más nerviosas. Algunas intentaban correr y chocaban con las otras. Resonó el galope de un caballo, y se perdió en la noche, apagado por la batahola del rebaño. Uno de los caballos se había desbocado. Otro relinchó muy cerca y *Crines de Nieve* reaccionó con una brusca espantada, como espoleada por un peligro invisible.

—*Guruj!* —exclamó Galshan acariciándole el cuello—. *Guruj!* ¿Qué te pasa? ¿Qué es lo que notas?

El animal se estremeció y ella adivinó en la oscuridad su enorme ojo aterrorizado fijo en la noche.

—¿Qué sucede, Galshan? —repitió Sofia—. ¿No crees que deberíamos...?

De nuevo la interrumpió el ruido sordo de un galope. Se acercaba a toda velocidad y se detuvo bruscamente a unos pasos. Era Uugan.

—Nunca he visto tan nerviosos a mis animales —dijo él—. No sé qué tienen. ¿Has visto algo?

—¡Nada en absoluto! Pero es que está muy oscuro...

Por segunda vez, Galshan se dijo que la noche era más profunda que una o dos horas antes. Echó un vistazo al cielo.

—¡Uugan! Las estrellas...

—¿Qué les pasa a las estrellas?

—¡Han dejado de verse!

Daba la impresión de que grandes velos negros, que desfilaban rápidamente como inmensos pájaros nocturnos, oscurecían el cielo. De pronto, Galshan se puso tensa.

—¿No lo oyes?

Del horizonte llegaba un rugido sordo, que iba invadiendo poco a poco todo. Los perros volvieron a aullar con el hocico erguido hacia el cielo. El ruido de los cascos aumentó y, como obedeciendo una orden secreta, los animales echaron a correr.

—¡Tenemos que detenerlos, Galshan! ¡Deprisa!

Uugan sabía que una estampida es como un torrente, que resulta incontenible. No se puede controlar a los animales que, enfurecidos, son capaces de cualquier locura. Aún estaban a tiempo de frenarlos.

Uugan espoleó a su caballo y desapareció en la noche. Galshan oyó que su látigo restallaba por encima de las cabezas de las ovejas. El volumen del ruido seguía creciendo, era más fuerte a cada instante.

—¡Espera ahí! —gritó Galshan a Sofia—. ¡Sobre todo no te acerques al rebaño!

Lanzó a *Crines de Nieve* al galope y desapareció. Uugan necesitaba ayuda. Tsaamed se encargaba de proteger a los gemelos y él solo sería incapaz de tranquilizar a los animales. Las linternas del gran yak oscilaban de un lado al otro. También había echado a correr, a pesar de que iba cargado con los pellejos de agua.

—¡Zogs! —gritó Galshan a pleno pulmón—. ¡Para!

Escuchaba los restallidos del látigo y los gritos de Uugan, pero los animales no obedecían. Aterrorizadas, las ovejas huían en desbandada, pisoteándose unas a otras. El suelo trepidaba bajo el golpeteo de centenares de pezuñas y el estrépito era ensordecedor.

Sin saber muy bien cómo, Galshan se encontró de pronto galopando al lado del yak. Las linternas colgadas de sus cuernos se agitaban en todas direcciones. *Crines de Nieve* no dejaba de dar bandazos para esquivar a las ovejas enloquecidas. Por un instante, Galshan pensó que, si caía allí, moriría pisoteada por los centenares de animales que galopaban tras ella, sin la menor esperanza de sobrevivir.

¿Qué habría hecho Baytar?

Galshan sabía que si conseguía agarrar el aro que llevaba en la nariz el yak para obligarle a aflojar la marcha, buena parte de los animales lo imitarían. Sí... ¡Eso es lo que habría hecho el viejo! Sin dejar de galopar, Galshan se acercó más al enorme animal. Tenía sus piernas apretadas contra los pellejos de agua que oscilaban en los costados. Con una mano se sujetó a la crin de la yegua e intentó alcanzar con la otra el aro de la nariz del yak. Justo cuando lo rozaba, el animal dio un brusco cabezazo y estuvo a punto de tirarla. Uno de los cuernos golpeó el hombro de Galshan, las linternas danzaban en la noche y *Crines de Nieve* hizo un extraño quiebro. Galshan aulló de miedo. Sin saber cómo, consiguió recuperar el equilibrio y se agarró con todas sus fuerzas al cuello de su montura. El gigantesco yak había desaparecido en la oscuridad.

Un rugido terrorífico cubrió de repente a los desperdigados animales. Galshan ya no oía los balidos aterrorizados de las ovejas, ni el galope de los caballos, ni el mugido de los yaks... Sólo un estrépito espantoso que la envolvía como los aullidos de una horda de monstruosos demonios surgidos de la noche.

¡El viento! En un instante, Galshan comprendió que aquello que escuchaba era el viento. ¡Una tempestad! ¡Eso era lo que los animales habían percibido mucho antes que ella!

En cuestión de segundos, empezaron a soplar ráfagas de una violencia inusitada. Una consiguió medio levantar a Galshan de la silla, al tiempo que una andanada de arena le azotaba la piel. En torno a ella la tierra crepitaba como bajo un diluvio de granizo. Cegada, *Crines de Nieve* se encabritó y luego dio un traspiés. Galshan sintió que se escurría de la silla. El terror se apoderó de ella mientras se desataba el rugir desbocado del viento. Antes de soltarse, tuvo tiempo de pensar en Sofia, a quien había dejado sola. Un nuevo sobresalto de *Crines de Nieve* terminó por tirar a Galshan. El grito se le quedó atorado en la garganta. Cayó pesadamente y algo la golpeó de frente.

DIECINUEVE

La arena silbaba y el viento aullaba como un demente. Sin reparar en el dolor, con el corazón desbocado, Galshan se hizo un ovillo y se dispuso a ser machacada por las patas de los animales aterrorizados.

Pero se dio cuenta de que no le llegaban sus chillidos de espanto, ni el sonido de su enloquecida carrera... Sólo el terrible azote del viento y los zurriagazos de la arena contra el suelo.

—¡Uugan! ¡Uugan! —gritó.

Al instante, la arena se le echó encima como si quisiese amordazarla. Le llenó la boca y la nariz, le entró por las orejas, se le deslizó bajo los párpados, sobre la lengua, hasta el fondo de la garganta... Galshan se ahogaba y miríadas de puntos luminosos describían círculos ante sus ojos. Tosió, intentó escupir y recuperar el aliento, pero la arena la cubría una y otra vez como si pretendiese enterrarla. Se asfixiaba. Cada grano era un temible y minúsculo enemigo contra el que debía luchar.

Con esfuerzo, logró cubrirse el rostro con la ropa, y aunque la arena conseguía filtrarse y le ardían los pulmones, respiraba mejor. Permaneció inmóvil, paralizada de miedo, escuchando los latidos de su corazón, que parecía salírsele del pecho.

¿Cuánto tiempo hacía que se había caído del caballo? ¿Cuánto más podría resistir? ¿Dónde estaban los otros: Uugan, Tsaamed, Sofia? ¿Qué había sido del rebaño? ¿Y de *Töönejlig* y su cría a punto de nacer?

Como en una noria, las imágenes empezaron a dar vueltas ante sus ojos. Las de Daala y Bumbaj, su madre y su hermana pequeña... su padre y el viejo Baytar... Tsagüng... ¿También estaría soplando la tempestad allí abajo?

¿Habría conocido Baytar un horror semejante? Por supuesto, había sufrido decenas de tempestades de nieve, ¿pero de arena?

—Attas —murmuró—. Ayúdame...

¿Cuántas veces le había repetido el viejo que lo más importante en mitad de una tormenta era no intentar huir, no echar a correr? Siempre había que buscar refugio en el lugar donde uno se encontrase.

«Si te sales del camino, si te alejas, te perderás. Quédate donde estés. Espera. Protégete...».

Por encima del rugido del viento, escuchaba la voz cascada de Baytar susurrándole sus consejos. Como si estuviese allí mismo. Veía la cara del anciano tan claramente como si lo tuviese al lado: sonreía mientras sus viejas manos liaban un cigarrillo.

Baytar tenía razón. ¡Permanecer en el mismo sitio! ¡Sobre todo no había que moverse! No ofrecer la menor resistencia al viento... Imitar a una piedra.

Hecha un ovillo, como un animal aterrorizado, Galshan sintió que la arena la sepultaba bajo una concha cada vez más pesada, pero no se movió. Sabía que si lo hacía, la tempestad la empujaría como a una brizna de paja y la arrastraría sin remedio.

El furor del viento no dejaba de crecer. Era como si quisiera arrancar con sus ráfagas la piel de la tierra y desgastarla hasta que no quedase nada. Sus rugidos fueron en aumento. Nada podía resistir tal tempestad. Nada ni nadie... Pensó que era el fin del mundo. Abrumada por aquel despliegue de furia, Galshan se concentró en la sonrisa arrugada del viejo Baytar y en su nombre, que sentía latir dentro de ella al ritmo de su corazón. «Attas, Attas... Attas, Attas... Attas, Attas...».

* * *

¿Cuánto tiempo permaneció totalmente inmóvil, aplastada por el peso de la arena, muerta de miedo por la locura del viento, protegiéndose la cabeza con los brazos? ¿Dos horas, tres? Puede que más... Habría sido incapaz de decirlo. Una eternidad... ¡No moverse! No debía moverse. Baytar se lo había dicho...

Semiinconsciente, oía el rugido del viento sobre su cabeza. Una nueva lluvia de arena se estrelló en su espalda. El rostro de Baytar parecía alejarse, como desdibujado poco a poco por la niebla.

—Attas, no... ¡Vuelve! ¡Quédate conmigo...!

Algo le golpeó el cráneo. Soltó un gemido de dolor y sintió la sangre correr entre sus dedos. Todo se volvió negro y Galshan se deslizó suavemente, como una hoja, en un pozo sin fondo.

VEINTE

Sin saber con certeza si estaba viva, Galshan prestó oído a los sonidos de su corazón y su respiración. Pese a la capa de arena que la aplastaba, durante un rato no se atrevió a moverse.

Cuando entreabrió los ojos, el mundo flotaba en una niebla ocre y el disco del sol emergía de un cielo amarillo sucio. El día comenzaba, pero apenas había claridad suficiente para adivinar la forma de las cosas. La luz era tan gris y débil como en el crepúsculo y el aliento caliente del viento la envolvía con un largo zumbido regular. ¿Cuánto tiempo llevaba allí?

Con infinitas precauciones, movió un brazo, después el otro, a continuación las piernas... Parecían pesar toneladas. Con cada movimiento, la arena caía en cascada. Se tocó la cabeza con las puntas de los dedos.

Recordaba que algo la había golpeado. Ya no sangraba, no le dolía demasiado, pero todo le daba vueltas. Tenía la boca seca y llena de arena y, sobre todo, estaba sedienta. Todo su cuerpo reclamaba agua.

Se puso en pie titubeante, con los músculos doloridos y los brazos surcados de largos arañazos rojizos. Dio unos pasos y se sacudió la ropa. La arena se había colado por cualquier resquicio. Sacudió su pañuelo de algodón, se cubrió la cara de nuevo para protegérsela y miró a su alrededor con una mano haciendo sombra sobre los ojos. Minúsculos granos de arena giraban en el aire, ligeros como plumas y tan densos que lo oscurecían todo... Habría deseado ver a alguien, incluso a un perro, una oveja... Algo vivo. Pero nada se movía. El polvo flotaba como una muralla impalpable e imposible de atravesar. Escuchó. El viento silbaba suavemente, con una regularidad exasperante. No oía nada más.

¿Y si ella era la única que quedaba viva? Galshan se tambaleó ante la idea, como si acabase de recibir un puñetazo en mitad del pecho.

—No —murmuró—. No es posible.

Hizo pantalla con las manos para gritar:

—¡Eh! ¿Me escucháis? ¿Estáis ahí?

La voz se le quebraba y temblaba de tal manera que le costaba reconocerla como suya. Esperó con un nudo en el estómago y el oído atento.

—¡Uugan! ¡Estoy aquí! ¡Soy yo, Galshan! ¡Estoy aquí!

El viento... el ligero susurro de la arena... Nada... Con la punta de la lengua recogió una lágrima que le rodaba por la mejilla. No debía llorar. Sin duda, los otros también la estarían buscando... ¡Sí! Seguro que la buscaban. Tenían que estar por allí, muy cerca, escondidos tras la neblina de arena y polvo. Enseguida la encontrarían, daría pronto con ellos... Tenía que salir a buscarlos, pero no al azar.

Pensó nuevamente en Baytar, en lo que le había enseñado acerca de la niebla. Siempre había que tomar referencias. «Si no, darás vueltas en redondo y volverás sobre tus pasos sin darte cuenta... ¡No lo olvides nunca, Galshan, diez pasos bastan para perderse!». Oía resonar en sus oídos la voz ronca del viejo.

Hizo lo que él habría hecho y apiló algunas piedras para marcar el lugar en el que se hallaba.

El enorme y sucio disco del sol estaba más alto que hacía un momento. En aquella dirección quedaba el este... Los demás estaban hacia el norte. Ésa era la dirección que seguía el rebaño y hacia allí les había arrastrado la tempestad. Hasta donde alcanzaba la vista, todo había adoptado el color rojizo de la arena. Lo había cubierto todo y únicamente unas matas de hierba seca asomaban todavía en algunos puntos.

Galshan empezó a andar. Contó cien pasos y volvió al lugar de partida. La nube de arena ya tapaba su marca. Amontonó más piedras para señalar su camino, se puso otra vez en marcha, contó otros cien pasos y levantó una pequeña pirámide de piedras...

Cada cien pasos Galshan ponía su marca y después gritaba:

—¡Uugan! ¡Tsaamed! ¿Estáis ahí? ¡Eh!

Sólo le llegaban el tibio aliento del viento y el sonido ronco de sus propios jadeos.

Cien pasos. Galshan colocó un par de piedras y siguió avanzando hacia el norte procurando olvidar que cada vez estaba más sedienta.

—¡Uugan! ¡Tsaamed!

Nada.

Galshan volvió a contar cien pasos.

—*Neg, khoïr, guruv...* Uno, dos, tres...

Y, a cada paso, el miedo la oprimía un poco más.

VEINTIUNO

—*Dzuun!* ¡Cien!

Veinticuatro veces cien pasos... Y aún nada. Galshan amontonó unas cuantas piedras al lado de un matojo de saxaul. Salvo el círculo grisáceo del sol, que seguía elevándose, nada había cambiado.

—¡Uugan! ¡Estoy aquí!

Su voz se quebró. El silencio, el viento... Y todo el tiempo el mismo cielo amarillo y aquella mancha de polvo que lo anegaba todo...

Le ardía la garganta, áspera y rasposa, curtida por la sequedad. Había momentos en que miríadas de lucecitas giraban delante de ella y parecían engullirla con sus vertiginosos giros. El mundo oscilaba de un lado a otro como un columpio. Entonces, Galshan cerraba los ojos hasta que el vértigo desaparecía y se obligaba a seguir tropezando con las piedras. Se metió bajo la lengua un guijarro redondo para engañar a la sed y contó una vez más cien pasos en dirección norte.

—Esto es lo que habría hecho Baytar —se dijo a media voz.

Tenía la impresión de que se hallaba junto a ella y le daba consejos en voz baja, aunque no estaba segura del todo.

—*Neg, khoïr, guruv...* Veinticinco, veintiséis, veintisiete...

Se detuvo. Había algo en el suelo que parecía una serpiente reptando entre la hierba achicharrada por el sol. Galshan se acercó... Era una correa de una máquina de fotos. La funda estaba algo más lejos, medio enterrada en la arena. Galshan la abrió con cuidado y descubrió la cámara con la que Sofia había fotografiado a Baytar el día de la salida.

La fotógrafa había pasado por allí. A menos que el viento hubiese arrastrado la máquina... Galshan miró a su alrededor.

—¡Sofia! ¡Sofia!

El polvo amortiguaba sus gritos.

—¡Sofia!

El viento murmuraba y los granos de arena chocaban suavemente contra el suelo. No servía de nada obstinarse.

Como era su costumbre, Galshan buscó una referencia. A unos cuantos pasos divisó una roca con la forma redondeada de una marmota hecha un ovillo. La recordaría.

Se colgó la correa del cuello, avanzó unos pasos y al momento se detuvo. ¡Había oído algo! Un poco más a la izquierda... Se quedó clavada, al acecho... El viento no dejaba de soplar y ahora no escuchaba nada. Sólo los latidos acelerados de su corazón y el ronquido de su respiración. Sin embargo, habría jurado que...

El ruido se repitió, más cercano.

—¡Sofia! —aulló Galshan a pleno pulmón.

Ninguna respuesta. Pero, a lo lejos, se aproximaba un sonido como de pasos.

—¡Estoy aquí! ¡Estoy aquí!

Esperó, sin respirar, con las sienes palpitantes. El ruido seguía acercándose. Recogió una piedra y aguardó temblando de miedo. La silueta de un enorme perro negro surgió de repente de entre la nube de polvo. Corría hacia ella, aumentaba de tamaño poco a poco y cada vez estaba más cerca. Hasta que no estuvo a unos metros no reconoció a uno de los perros de Uugan, el más grande.

Se lanzó sobre Galshan ladrando y le lamió las manos y la cara. Ella se agarró de su cuello y se abrazó a él como si fuese a ahogarlo. El perro gemía suavemente. Galshan comprendió de pronto la razón por la que el viejo Baytar no se separaba nunca de su perro.

—¿De dónde vienes, *Ikha*?

No conocía el verdadero nombre del perro, pero *Ikha* le iba bien: «El grande».

—Dime de dónde vienes. ¿Están allí los otros?

Tenía los labios tan secos y la boca tan pastosa que apenas conseguía articular palabra. El perro soltó un breve ladrido y se alejó trotando en la dirección en que había venido.

—¡Eh, espérame!

Galshan se agarró al collar y se dejó llevar, embriagada a la vez de cansancio y de alegría por haber encontrado un ser vivo.

VEINTIDÓS

Agarrada con toda su fuerza al collar del perro, Galshan se dejaba llevar, invadida por una especie de somnolencia. A veces tropezaba con una piedra que no había visto. Entonces, el perro se paraba y aguardaba, como esperando que se recuperase.

No habría sabido decir cuánto tiempo llevaban avanzando de esa manera cuando el perro se detuvo bruscamente y empezó a gemir. A unos pocos pasos, extendida en el suelo, había algo medio tapado por la arena. Galshan se acercó con el corazón encogido. ¡Una oveja! No era más que una oveja... Estaba muerta, asfixiada, con la boca, los ojos y la nariz llenos de arena. Llevaba la marca de los animales de Baytar.

Galshan limpió de arena la lana áspera del animal y reconoció la mancha de pelo rojizo bajo el cuello. Era uno de los ejemplares más viejos del rebaño.

—¡Vamos, *Ikha*! Sigamos adelante. Esta vez busca a alguien vivo...

Cada palabra que pronunciaba le arañaba la garganta como papel de lija.

El gran perro negro retomó su trote arrastrando a Galshan. Más adelante, se cruzaron con otros animales, también muertos, tendidos en el suelo con la boca y la nariz taponadas por la arena. El perrazo se paraba y los husmeaba gimiendo, como para asegurarse de que no había nada que hacer. Galshan se estremeció pensando en Sofia, Uugan y Tsaamed. ¿Qué habría sido de ellos? ¿Eran ella y el perro los únicos supervivientes?

—¡Sigue, *Ikha*! ¡Venga! Busca vivos, ¿comprendes? ¡Quiero ver a alguien vivo!

Estaba extenuada, le pesaba la cabeza y el cuerpo le ardía a causa de la sed. A partir de ese momento sólo importaba una cosa: no soltar el collar del perro. Había llegado hasta ella y ella lo había seguido. Era su único guía, su única posibilidad de llegar a alguna parte.

La cámara de fotos de Sofia le golpeaba las piernas y a cada paso se le hacía más pesada. Habría sido tan fácil tirarla... Pero, cada vez que se le ocurría hacerlo, Galshan recordaba que contenía la foto de Baytar. La única que le habían hecho en su vida. No podía permitir que se perdiera.

El enorme perro jadeaba. Ahora prácticamente tenía que cargar con Galshan. Había reducido la marcha y ella apoyaba en él todo su peso. El animal se detenía de vez en cuando para recuperar fuerzas y lanzaba un ladrido de ánimo al arrancar de nuevo.

Galshan no podía más. Ante sus párpados volvían a girar miles de estrellas. Al límite de sus fuerzas, soltó el collar de *Ikha* para protegerse los ojos y se dejó caer, desmañada, sobre el polvo. La lengua rasposa del animal le lamió la mejilla. Ladró repetidamente en su oreja para despertarla, pero ella lo rechazó con la mano y cerró los ojos. No deseaba moverse.

El perrazo negro daba vueltas alrededor de ella como si no consiguiese decidirse. Finalmente, cogió una pierna entre los colmillos y apretó hasta que oyó un grito de dolor. Galshan se enderezó y le dio un puñetazo en el hocico. El perro reculó gimiendo.

—¡Para de una vez! —aulló ella con los ojos llenos de lágrimas.

El perro esperó a que Galshan se incorporase. No la perdía de vista.

—¿Te has creído que soy una oveja? —refunfuñó llorosa—. ¡Me muerdes para que ande! ¿Y si me apetece dormir?

Sin saber muy bien por qué, rompió a reír en silencio. De sus labios no salía ningún sonido. Volvió a agarrar el collar del animal y se dejó llevar. El perro prácticamente la arrastraba. Sólo él sabía adónde ir.

La sed era insoportable. Todo su cuerpo ardía, ansioso de agua. Tenía la lengua reseca y acartonada, el interior de la boca casi al rojo vivo arañado por la arena. Pensó en el frescor del manantial que brotaba al pie de La mujer que llora. Las lágrimas de Gadÿn... ¿No le había dado las gracias después de que bebiesen los animales? ¿Era allí donde la conducía el perro? ¿Se habrían refugiado allí Uugan y sus animales después de la tormenta?

Galshan tenía la sensación de llevar horas caminando cuando un ruido la sacó de su semiinconsciencia. Un balido... Se irguió. A través del velo opaco de polvo, adivinó la masa oscura de un peñasco delante de ella. ¿Sería Gadÿn? No reconocía nada.

Esperó a estar más cerca para llamar a Uugan, pero de su garganta no salía sonido alguno. No... No era Gadÿn. No era la roca de La mujer que llora. No sabía dónde se encontraba, pero a sus pies había una veintena de animales en el suelo, ovejas salvadas de la tempestad.

Se acercaron trastabillando a Galshan, como si la mera presencia de un humano las reconfortase.

Galshan se deslizó debajo de la más próxima y cogió con ambas manos una de sus ubres. Pese a estar blandas, casi vacías, salió un chorro blanco que cayó al suelo. Lo dirigió hacia sus labios y sintió que la leche inundaba su boca seca como una fuente tibia. La oveja la dejó hacer sin moverse.

Agotada, Galshan se apoyó en la pared de roca y se quedó dormida de golpe sin siquiera darse cuenta de que el gran perro negro se alejaba en la luz sucia.

VEINTITRÉS

Galshan se despertó. A través de la arena que flotaba en el aire, distinguió la bola roja del sol justo por encima de la línea del horizonte. El día terminaba y el polvo le raspaba la garganta. Permaneció un momento inmóvil, intentando recordar lo sucedido.

Se había desatado una tempestad, y aquel cielo amarillo por la mañana, y ella tan sola... Y luego el perro, las ovejas muertas...

Se puso en pie. De nuevo estaba terriblemente sedienta. Las ovejas la contemplaban con sus grandes ojos prominentes y balaban sin parar. Necesitaban agua tanto como ella. Galshan se acuclilló al lado de la que tenía más cerca. Sus ubres estaban casi vacías y sólo obtuvo unas pocas gotas de leche.

¿Dónde estaba el perro?

—¡*Ikha... a... a...!* ¡Uugan... gan... gan...!

Únicamente le respondía el eco.

El sol rojizo se deslizaba poco a poco en el horizonte enturbiado por la arena, pero el calor seguía siendo insoportable. El viento murmuraba a media voz, sin interrupción, como si hubiese agotado sus fuerzas durante los días previos.

Galshan se pegó a la pared rocosa y por primera vez desde la tempestad lloró de verdad, sin poder contenerse. Los sollozos nacían de lo más profundo de su vientre y explotaban sin que pudiese impedirlo. Los estremecimientos agitaban sus hombros. Se tumbó en el suelo y dejó que las lágrimas corrieran sobre el polvo.

Estaba desesperada, se sentía sola e impotente. Cerró los ojos y vio desfilar a los que amaba: Baytar, su padre, su madre y su hermana, que estaban tan lejos. También Uugan, que no aparecía. Y *Töönejlig* con el potrillo que iba a nacer. Todo se desdibujaba, se mezclaba.

De pronto, volvió a recordar el día de la partida, cuando *Khilitei shobo*, el cuervo, se había posado a sus pies. Todo el mundo había creído entonces que la amenaza de muerte iba dirigida al viejo Baytar, pero era a ella a quien estaba destinada. Ahora se daba cuenta. El perro negro la había abandonado e iba a morir allí, como las ovejas que había descubierto por el camino.

Temblorosa debido a la fiebre y al miedo, Galshan se ovilló contra el peñasco y se quedó quieta. El sueño se abatió sobre ella como un gran velo negro.

* * *

Baytar aparecía en el sueño, a su lado. La había tomado en brazos y la había subido a su caballo con cuidado, como si fuese una niña pequeña. Vigilaba su sueño como había hecho la última noche en Tsagüng. Un minúsculo fuego de saxaul ardía cerca y le llegaba el olor de sus cigarrillos. El viejo posaba la mano en su cara, una mano tan fresca y suave que a Galshan le costaba reconocer como la de su abuelo. Le hablaba tan dulcemente que Galshan tampoco reconocía su voz, cascada a causa del tabaco y los gritos de pastor.

Abrió los ojos. Tsaamed le sonrió.

—No te muevas, Galshan. Ahora descansa... *Taïvan saïkhan*. Todo va bien.

Tsaamed empapó un trapo en el cuenco con agua que tenía a sus pies, lo escurrió y mojó la cara de Galshan quemada por el viento. El simple sonido del líquido en el fondo de la palangana de plástico resultaba infinitamente tranquilizador. Tanto como la voz de Tsaamed y el parloteo de los gemelos, que jugaban muy cerca.

Galshan se giró y volvió la vista hacia un lado. Vio una pequeña hoguera de saxaul y, frente a ella, oculto en parte por el humo, fumaba Uugan. Le hizo un gesto con la cabeza y sonrió a su vez.

—*Taïvan saïkhan*. Todo va bien.

Los dedos de Galshan palparon la pelambrera del enorme perro negro. El animal deslizó su cabeza bajo el brazo de ella y dejó escapar un largo suspiro de cansancio. Los balidos de las ovejas se habían calmado. Galshan volvió a cerrar los ojos.

«*Taïvan saïkhan*. Todo va bien».

VEINTICUATRO

El cielo estaba claro, limpio del polvo y la arena de los pasados días. Hasta el mismo viento se había apaciguado. Galshan oyó una voz de mujer que contaba sus animales y los ladridos de los perros. Intentó incorporarse, pero la cabeza le daba vueltas de tal modo que volvió a tumbarse.

Tsaamed se dio cuenta de que se había despertado y la ayudó a beber un cuenco de *khar tsaï*[24] sosteniéndole la espalda.

—Nos habías asustado...

Galshan masticó la mitad de una torta de cebada antes de contestar:

----

[24] Té negro.

—Al final de la tempestad, cuando salí de mi agujero, me dio la impresión de que estaba sola en el mundo.

Bebió un trago de té caliente.

—A mi alrededor, todo estaba muerto. No había otra cosa que arena por todas partes y el cielo amarillo. Era terrible, me preguntaba si...

Galshan enmudeció de repente.

—¿Y Sofia? —preguntó.

Tsaamed desvió la mirada. Los gemelos jugaban a su lado con un muñeco hecho de trapos.

—No sabemos dónde está —respondió a media voz.

—No sabemos dónde está... ¿Cómo es posible? No estará...

No lograba dominar el temblor de su voz.

—Primero confiamos en que estuviese contigo. Después...

Galshan se acordó. Uugan le había pedido que cuidase de la extranjera, que no la dejase sola. Luego se había desatado la tempestad, los animales habían empezado a tener pánico... La había abandonado.

—¡Es culpa mía! —murmuró—. Debí quedarme con ella. La he abandonado y...

Rompió a llorar. Tsaamed la abrazó.

—No es culpa de nadie, Galshan. Nadie podía prever lo que ha pasado. Cuando conseguimos tranquilizar a los animales y encontrar un lugar un poco resguardado para ellos, Uugan salió a buscaros sin esperar siquiera a que terminase la tormenta. Faltaban decenas de ovejas y Uugan estaba convencido de que tú y Sofia os habríais refugiado en algún sitio con ellas. Pasó el resto de la noche buscándoos con los perros, que temblaban de miedo. Os llamó durante horas, pero los aullidos del viento eran más fuertes. La arena borraba las huellas, y el polvo era tan denso que le costó volver a dar con el camino de vuelta hasta el lugar en el que nos habíamos refugiado...

Galshan manoseaba la correa de la máquina de fotos de Sofia.

—No volvió a salir a buscaros hasta que empezó a disiparse el polvo. En ese momento llegó *Perro Negro* y nos condujo hasta ti. Pero estabas sola, Galshan, sin la extranjera...

Galshan no dijo nada. Miraba fijamente la cámara con los ojos llenos de lágrimas. Uugan se reunió con ellas y se acuclilló cerca del fuego.

—Hemos perdido unas cuarenta ovejas —dijo—. Cuarenta y dos exactamente. Cinco eran del rebaño de Baytar. Y nos falta un caballo, el *nomkhon*[25]... El que llevaba la extranjera.

—¡Sofia ha desaparecido! —gritó Galshan con la voz entrecortada por los sollozos—. ¡Quizá esté muerta! Y tú... tú te dedicas a contar los animales.

Se levantó volcando el cuenco de té y se dirigió corriendo hacia los caballos. Uugan había atado al semental de Baytar y *Crines de Nieve* masticaba una ramita de saxaul como si no pasase nada. *Töönejlig* estaba entre las yeguas de Baytar. Galshan se abrazó a su vientre redondo y espió los movimientos del potrillo.

---

[25] Caballo tranquilo.

Sofia no podía morir como habían muerto los animales con los que se había cruzado en compañía del gran perro negro. Un ser humano no podía correr la misma suerte que una vulgar oveja... Era imposible.

Con un estremecimiento pensó en el cuervo que se había posado en Tsagüng en el momento de la salida de los rebaños. ¿Era posible que hubiese acudido por la extranjera? ¿Para anunciarle que su vida acabaría allí, unas horas más tarde, perdida en una tormenta de arena tan terrible que parecería el fin del mundo?

El vientre de la yegua onduló de pronto bajo sus palmas. El potro aún vivía, bien protegido.

—¡Espera un poco más! —le susurró Galshan—. Quédate en el vientre de tu madre todo lo que puedas. Todavía no hemos llegado a la hierba fresca.

Permanecía inmóvil, pendiente de los movimientos del potro. Se acordó de la apuesta que había hecho con Baytar y deseó con todas sus fuerzas que el anciano tuviese razón y la cría naciese lo más tarde posible. Baytar conocía la vida mejor que nadie. Baytar... Ella nunca habría sobrevivido sin todo lo que el viejo le había enseñado. Ahora se daba cuenta de que la había acompañado a lo largo de esas horas como un guía. Era él quien le había enseñado a no ceder ante el miedo, a no huir frente a él, a protegerse, a esperar... Le debía la vida.

El potrillo seguía agitándose.

—Galshan...

Al principio hizo como si no lo hubiese oído, como si Uugan no estuviese allí, justo detrás de ella.

—Galshan...

—¡Lárgate! ¡No quiero verte más! ¡Tú cuenta los animales, yo vuelvo a Tsagüng!

—¿Sabrías localizar el sitio donde encontraste la cámara de la extranjera?

Galshan se volvió.

—¿Localizar el sitio? Dejé de poner marcas desde que el perro me encontró. Pero puede que con su ayuda... Había una roca en forma de marmota.

—¿Te sientes en condiciones de montar a caballo?

Galshan hizo un gesto afirmativo con la cabeza.

—Entonces, nos vamos. Los animales se quedan. Tsaamed se ocupará de ellos. No tienen prácticamente nada de comer, pero he encontrado una minúscula fuente allí abajo. Racionando el agua que queda en los pellejos dará aún para un par de días... Tiempo suficiente para buscar a la extranjera.

VEINTICINCO

Uugan y Galshan llegaron al pie de la gran roca en la que el perro la había dejado después de la tempestad. Galshan se detuvo y examinó las inmediaciones, con los ojos fruncidos, intentado reconocer algún detalle, encontrar algún rastro de su paso...

—Es por allí —aseguró finalmente espoleando a su caballo.

Uugan no preguntó nada. La siguió en la dirección que acababa de indicar.

Cabalgaron en silencio antes de que ella se detuviese otra vez. El gran perro negro miraba a Galshan y Galshan observaba el paisaje en torno a ella. Arbustos de saxaul y matas de hierbas quemadas por la sequía, rocas hasta donde se perdía la vista... Uugan la dejaba hacer sin decir una palabra, sin impacientarse, mientras los caballos, inmóviles al sol, se estremecían a causa de las picaduras incesantes de las moscas y los tábanos. Él sabía que no había nada más difícil que encontrar un camino en un lugar semejante. Todo parecía igual, incluso para un ojo experimentado como el suyo.

Galshan le miró.

—No sé hacia dónde ir —dijo ella en voz baja—. No reconozco nada.

—¿No recuerdas algo en particular?

—Estaba casi inconsciente. Tu perro tuvo que llevarme... Lo único de lo que me acuerdo es de que pasamos delante de varias ovejas muertas. Estaban sepultadas bajo la arena. De lejos, parecían pequeñas colinas redondas...

—¿Como las que se ven allí? —preguntó Uugan extendiendo la mano hacia un montón de arena al lado de una colina.

A pesar del calor, galoparon hasta el lugar. Enjambres de moscas salieron zumbando al aproximarse ellos. Era una de las ovejas de Uugan, llevaba su marca.

—Pero la primera que descubrió tu perro llevaba la marca de Baytar.

Siguieron adelante. Vieron otros pequeños montículos redondeados, aún más lejos, casi invisibles bajo el sol que ahora caía en vertical y eliminaba las sombras. Las ovejas habían tomado una especie de paso que estaba expuesto al viento, sin el menor refugio para protegerse. La tempestad se había abierto camino por ahí sin encontrar ningún obstáculo.

—No es raro que tantos animales hayan muerto aquí —murmuró Uugan a media voz.

Debieron de atravesarlo en lo más duro de la tormenta y el viento las azotó de pleno. Ni el más fuerte de sus yaks habría podido resistirlo. En cuanto a la extranjera... Más le valía no haberse adentrado en aquel sitio.

Perro Negro salió disparado de repente, se paró delante de uno de los animales y ladró. Llevaba la marca de Baytar y una mancha roja bajo el cuello.

—¡Es ella! Es la que vi primero...

Galshan entrecerró los ojos y examinó cada detalle de lo que la rodeaba.

—Veníamos de ahí.

Tampoco esta vez Uugan le preguntó cómo lo sabía, ni si estaba segura. En más de una ocasión, el viejo Baytar le había comentado que su nieta estaba hecha para aquella dura vida de nómada y eso le bastaba para confiar en ella.

Avanzaban en silencio bajo el sol, Galshan en cabeza. A veces se detenía y miraba alrededor antes de seguir, sin dejar de observar las reacciones del perro.

—¡Mira, Uugan! —gritó de pronto Galshan—. ¡Es ahí!

Ante ellos se alzaba una pequeña roca, redonda y regordeta como una marmota. Ataron sus caballos y empezaron a buscar huellas del paso de Sofia. No obstante, Uugan sabía hasta qué punto era frágil aquella pista. Dar con el sitio no era lo mismo que encontrar a la extranjera. La historia de la cámara había sido un golpe de suerte extraordinario, pero Galshan sólo la había visto porque la correa se había quedado enganchada en unos hierbajos. El viento podía haberla arrastrado kilómetros...

* * *

Uugan se incorporó.

Hacía más de una hora que buscaban y, pese a la obstinación de Galshan, no habían descubierto nada. Ni el menor indicio, ni el menor objeto, ni el menor rastro... Nada indicada que en un determinado momento la extranjera hubiese pasado por allí. El viento lo había nivelado todo, el suelo estaba liso, sin huellas de hombre o de caballo.

Las sombras se alargaron. La hora del mono[26] tocaba a su fin. Aunque saliesen de inmediato, no se reunirían con Tsaamed antes de la noche. Había que retomar cuanto antes la ruta hacia el norte con los rebaños mientras todavía pudiesen caminar. Cada hora contaba. Uugan estaba convencido de que la extranjera había muerto. Ya hacía más de cuatro días que se había desatado la tempestad y aunque, por un milagro, hubiese sobrevivido a la arena y al viento, ¿cómo habría aguantado sola, sin agua y con aquel calor? Galshan continuaba examinando el terreno palmo a palmo, con los ojos pegados a la tierra. Uugan no sabía de qué manera decírselo.

---

[26] Entre las dieciséis y las dieciocho.

De golpe, *Perro Negro* se puso a ladrar. Galshan saltó hacia él.

—Has encontrado algo, *Ikha.* ¡Busca! ¡Enséñamelo!

El perro no paraba de ladrar.

—¿Qué te pasa?

Uugan estudió una a una las colinas que desaparecían poco a poco en el crepúsculo. La bruma que producía el calor lo emborronaba todo. Y, en unos minutos, ya no se veía nada. Sin embargo, el perro seguía ladrando. Como todos los perros de pastor, estaba adiestrado para hacerlo sólo en casos muy concretos. Para reunir a los animales, para indicar un peligro o para atraer la atención de los humanos...

¿Qué quería decirles?

Uugan observó fijamente el horizonte hasta que un minúsculo detalle atrajo su atención. No estaba seguro, pero...

—Gashan... ¡Allí, mira! Justo a la derecha de la segunda colina, en el hueco...

Galshan miró en la dirección que le señalaba.

Muy lejos, apenas visible a través de la bruma y la penumbra, un delgado hilo de humo ascendía hacia el cielo.

VEINTISÉIS

Galshan saltó sobre *Crines de Nieve*. A pesar del calor, la yegua se lanzó al galope, y fue levantando nubes de polvo. El jirón de humo se hacía más visible a cada paso.

—*Guruj!* —dijo Galshan, casi puesta en pie sobre los estribos—. ¡Más deprisa!

Uugan le pisaba los talones. Subieron la primera colina al galope. Los caballos resplandecían de sudor y *Perro Negro*, con la lengua colgando, echaba mano de toda su energía para mantenerse a su altura. Descendieron la pendiente sin aflojar en ningún momento la marcha pero, a la mitad Uugan hizo una señal para que se detuvieran.

Un hombre cabalgaba hacia ellos. Se paró al llegar a su altura.

—*Saïn baïtsgaan uu*[27].

—*Saïkhan zulalj baïn uu* —respondió Uugan—. ¿Qué tal llevas el verano?

El hombre sacudió la cabeza sonriendo y les contempló sin decir nada, como si no supiese a qué atenerse. Galshan ardía de impaciencia por preguntarle, pero había que respetar las reglas de la cortesía. Ya que el hombre se había acercado a ellos, le correspondía hablar primero.

—Os estaba esperando.

—¿Nos esperabas?

La sonrisa del hombre se hizo más amplia. Le faltaban casi todos los dientes de delante.

—A ti o a otro, poco importa. Pero esperaba a alguien. Imaginé que una extranjera no podía viajar sola por aquí. No para de hablar e intenta explicarnos montones de cosas, pero no entendemos una palabra de su cháchara.

Galshan sintió que la invadía una oleada de felicidad.

—¡Una extranjera! —gritó—. ¿La has visto? ¿Una mujer rubia, muy pálida?

—Tan blanca como la leche, con un horrible pelo amarillo, sí.

—¡Es Sofia! ¡Es Sofia!

El hombre hizo un signo con la cabeza.

—Sí, Sofia... Creo que ése es su nombre. Es todo lo que he conseguido comprender. Mi nombre es Tsegmidjin, pero todo el mundo me llama Tseg.

---

[27] «Buenos días», dirigido a varias personas.

Galshan saltó del caballo y se inclinó ante él.

—Él es Uugan y yo me llamo Galshan. *¡Baïrla, Tseg!* ¡Gracias por haber encontrado a Sofia!

El hombre se echó a reír.

—¡Vaya! Más despacio, señorita. ¡Yo no he encontrado a nadie! Todo el mérito es de mi perro, o quizá de los espíritus del viento que pusieron a esa mujer en mi camino. No lo sé...

Señaló las inmensas colinas que se difuminaban en el ocaso.

—¿Cómo pretendes encontrar a nadie aquí, en medio de la tempestad y en plena noche? Yo sólo pensaba en que mi *ger* no saliese volando. Sin el perro, no me habría dado cuenta de nada. Temblaba como una rata en su agujero, aterrorizado por el ruido, y de pronto empezó a aullar y a tirar de su cadena. Parecía que iba a estrangularse. Estaba como loco, aun más desatado que el viento. Nunca lo había visto así. Terminé por ir a echar un vistazo. Y créeme, hacía falta valor con ese viento que aullaba como un ejército de demonios. Nada más salir, me dio la impresión de que me azotaban en plena cara. ¡Qué porquería de arena! Sin contar con que no se veía nada. Ni siquiera vi el caballo, sólo escuché el galope de un animal embalado que pasaba a dos pasos de mí y luego el grito de la mujer del pelo amarillo al caer. ¡Menuda suerte tuvo! Si pasa un poco antes o un poco después no me habría dado cuenta de nada. E incluso...

—¿Se encuentra bien? —le cortó Galshan—. ¿No está herida?

Tseg se echó a reír de nuevo.

—Está como alguien que ha visto la muerte de cerca y piensa que la vida vale de verdad la pena. Si quieres saber mi opinión, yo diría que está dispuesta a vivirla diez veces.

Sacó una botellita de vodka de su chaqueta.

—¡Esto hay que celebrarlo!

Echó un buen trago antes de pasársela a Uugan y se quedó mirando a Galshan.

—Pareces un poco joven para beber, pero si quieres un sorbo no seré yo quien te lo impida.

—¡Vamos! —dijo Galshan—. ¡Vámonos! ¡Tenemos que recogerla!

Su voz vibraba de impaciencia. Tseg se pasaba la mitad del tiempo riendo.

—Ya vamos, joven Galshan, ya vamos. Pero sin prisa. ¡Mira en qué estado está tu caballo! A quién se le ocurre hacerlo galopar con semejante calor. Desde luego, si hubieras querido matarlo no podrías haberlo hecho mejor.

Y, con una enorme sonrisa, Tseg puso su caballo al paso. A Galshan la devoraba la impaciencia pero, también en este caso, la educación exigía que se ajustase al ritmo del señor de la casa, sin sobrepasarle.

—¿Puedo hacerte una pregunta? —dijo Uugan.

—¡Adelante!

—¿Por qué no has intentado buscarnos?

El hombre le miró sorprendido.

—Sólo se busca lo que se ha perdido. Sois tú y tu hija los que habéis perdido a la extranjera, no yo...

—No soy hija de Uugan —dijo Galshan.

—¿No? Para un momento, que te mire más de cerca.

Tseg contempló detalladamente a Galshan. El aliento le olía a alcohol.

—Ya sé quién eres —dijo con aire triunfal—. Eres...

Se llevó de nuevo la botellita a los labios.

—Eres la nieta del viejo Baytar, ¿verdad?

Galshan le dirigió una mirada de asombro.

—¿Cómo lo sabes?

—La última vez que me crucé con el viejo acabábamos de salir del Gran Invierno. Fue entonces cuando me habló de ti. Aseguraba que le habías salvado la vida[28] y que, a pesar de que vivías no sé dónde, eras una auténtica nómada. Una hija de este sitio... Te pareces un poco al viejo, debería haberme dado cuenta antes. Además, acabo de verte galopar. Se diría que has nacido sobre un caballo y que nunca te has bajado de él. Sólo el viejo puede haberte enseñado a montar así. Háblame de él...

* * *

Llegaron a la cresta. Un *aïl*[29] de tres *gers* se erguía más abajo: una de las tiendas estaba rota y los jirones de fieltro desgarrado ondeaban al viento.

—¡Mierda de tempestad! —gruñó Tseg.

Una mujer salió de la tienda más próxima y se les quedó mirando. Pelo rubio, piel muy pálida...

---

[28] Véase *153 días en invierno*.

[29] Campamento compuesto por varias tiendas.

—¡Sofia! —gritó Galshan.

Espoleó los flancos de *Crines de Nieve* y lanzó la yegua al galope sin preocuparse por dejar atrás a Tseg.

—La nieta del viejo no sabe lo que es hacer las cosas con tranquilidad —rezongó mientras tomaba otro trago de vodka.

Cuando llegaron, Sofia y Galshan estaban ya embarcadas en una apasionada conversación. Tseg guiñó los ojos al escuchar a Galshan hablando en inglés.

—Que sepas montar a caballo como tu abuelo es normal, pero que comprendas algo de ese galimatías, eso sí que es un misterio.

—Se lo debo a mi madre. Es profesora de inglés.

Tseg rompió a reír tan fuerte que le brotaron lágrimas de los ojos.

—¡Profesora de inglés! —repitió entre hipidos—. ¿Para qué puede servir eso?

—Puedes verlo por ti mismo. Sirve para entender a las extranjeras de pelo amarillo.

* * *

Una minúscula fuente brotaba en las inmediaciones del *aïl* y se perdía unos metros más allá en la tierra cuarteada.

—Cada día da menos —gruñó Tseg llenando un primer cubo para los caballos que piafaban al percibir el olor del agua.

El cubo se llenaba tan despacio que Uugan tuvo que recurrir a sus puños para poner un poco de orden.

Por fin los animales bebieron a largos sorbos, los ojos entrecerrados y la boca chorreando.

Ya era de noche cuando volvieron los dos hombres. Galshan y Sofia no habían parado de hablar ni un momento y la *ger* olía a *aïrak* y sopa de carne. La mujer de Tsegmidjin les sirvió un cuenco grande a cada uno.

—Pasaréis aquí la noche —les dijo—. Es demasiado tarde para que os marchéis.

VEINTISIETE

El día prometía ser tan caluroso como los anteriores y los animales se habían resguardado a la sombra con los primeros rayos del sol. En pie junto a su *ger*, muy tiesos, Tsegmidjin y su mujer Gulundshaa lucían sus mejores ropas. Tseg sujetaba al caballo por la brida. Tumbado a sus pies, el perro miraba fijamente al objetivo de Sofia y ladraba cada vez que ella accionaba el botón.

«Clic... Clic...».

—Ya está —dijo Sofia tendiéndoles su cámara.

Tseg y Gulundshaa se inclinaron sobre la pequeña pantalla. El hombre mostró una larga sonrisa desdentada, mientras su mujer intentaba contener la risa.

—Os la enviaré en cuanto pueda —les prometió Sofia.

Se inclinó ante ellos, las manos unidas en el pecho.

—Te debo la vida, Tsegmidjin, y también a ti, Gulundshaa, que me has acogido bajo tu techo, me has alimentado y me has cuidado. Prefiero no pensar en lo que habría sido de mí si no os hubieseis cruzado en mi camino... *Baïrla*.

Tseg esperó a que Galshan terminase de traducir para encogerse de hombros.

—A quien debemos dar las gracias es al perro. Fue él, no yo, quien te encontró.

Sofia sonrió y a continuación se inclinó, en señal de agradecimiento, ante Galshan.

—También a ti te debo mucho, Galshan. Porque conseguiste encontrar otra vez el camino y porque sin esto —y señaló la máquina de fotos— yo no valdría para nada. *Baïrla*.

Galshan enrojeció hasta las orejas. Era la primera vez que alguien la saludaba así.

Por último, Sofia se inclinó delante de Uugan.

—*Baïrla*, Uugan. Gracias por salir a buscarme.

Los caballos ya estaban preparados. El de Sofia no había vuelto a aparecer después de la tempestad. Así que era más que probable que hubiese muerto en alguna parte de las colinas. Tseg le tendió las riendas de un *nomkhon* de su propia manada, pero rechazó el dinero que Sofia le entregaba a cambio.

—El pago por mi caballo será la foto que nos has sacado.

La mujer de Tseg susurró algunas palabras al oído de Galshan, que tuvo que contener la risa.

—¡Espera, Sofia! Gulundshaa no está de acuerdo con su marido. Dice que el caballo vale más que una foto.

Un poco sorprendida, Sofia se dispuso a sacar unos dólares de su mochila, pero Galshan la retuvo:

—¡No, no quiere dinero! Quiere un mechón de tu pelo. Es el precio del caballo: una foto y un mechón. Sin eso, nadie creerá nunca que ha acogido bajo su techo a una extranjera de pelo amarillo.

Y Gulundshaa, riendo, le entregó unas minúsculas tijeras.

* * *

Uugan observaba el cielo con expresión preocupada. El viento había empezado a soplar de nuevo y el calor era asfixiante. Quería volver con sus rebaños lo antes posible y reemprender el camino hacia el norte. Ya era hora. Ni siquiera los animales más resistentes soportarían mucho más sin alimento. Tsegmidjin siguió su mirada. Daba miedo ver lo delgados que estaban la mayoría de sus propios animales y esa mañana, al despertarse, la fuente no era más que un minúsculo hilillo de agua en medio de una charca de barro seco y cuarteado.

—Deberías unirte a nosotros —le dijo Uugan.

—Esperaré dos o tres días y, si no llegan las tormentas de verano, me encaminaré al norte detrás de ti. Pero tampoco des por seguro que haya nada en el lugar al que te diriges. A veces escucho la radio pequeña que me regaló mi hijo y dicen que pasa lo mismo en todas partes. Nunca en el país necesitamos tanto que lloviese.

Uugan sacudió la cabeza.

—El agua terminará cayendo, ¿no?

Tseg miraba al cielo, claro hasta el horizonte y sin la menor traza de nubes. Uugan no contestó y espoleó a su caballo.

—No tardes en decidirte o tus animales estarán demasiado débiles para emprender semejante viaje. *Saïn suuj baïgarai*[30].

—*Saïn iavarai!*[31]

---

[30] «Queda en paz en tu casa».
[31] «¡Buen camino!»

VEINTIOCHO

Hacía tres días que los rebaños habían reiniciado su marcha hacia el norte.

Tres días de calor asfixiante y viento abrasador.

Tres días sin el menor rastro de agua en el camino.

Los pellejos que cargaban los yaks estaban prácticamente vacíos. Los animales más débiles se derrumbaban en el polvo con las patas temblorosas y babeando espuma. Se quedaban mirando fijamente el cielo con ojos vidriosos, mientras los buitres describían círculos en silencio encima de ellos.

Uugan ya no estaba seguro de haber acertado al dirigirse hacia el norte. ¿Sería posible que no lloviese? ¿Podían haber desaparecido las tormentas de repente, dejando la tierra arrugada como la piel de un viejo? «Llévate mis animales —le había dicho Baytar antes de partir—. Sé que estarán en buenas manos». ¡En buenas manos! Esbozó una sonrisa amarga. Apenas quedaba una docena de ovejas del viejo.

Tsaamed había contado y recontado los animales. La tempestad les había robado más de cuarenta, después habían muerto veinte y Uugan se había visto obligado a disparar a uno de los caballos el día anterior. El primero... Los animales restantes estaban consumidos y al límite de sus fuerzas. Aunque avanzasen despacio, no sobrevivirían todos a la marcha de esa noche. Un rebaño de espectros, eso era todo lo que quedaba.

Con la ayuda de Galshan, Tsaamed y Uugan acabaron de reunir a los animales mientras Sofia no dejaba de hacer fotos. El sol desapareció detrás de las colinas polvorientas y el látigo de Uugan restalló.

—¡Yiiiaaa! ¡Yiiiaaa!

En el crepúsculo, los animales se pusieron en marcha, arrastrando las patas y balando de sed. Hasta los perros habían perdido todo su ardor. Hacía tanto calor que la tierra misma parecía a punto de morir.

Cayó la noche. Uugan colgó la única linterna que le quedaba en un cuerno del gran yak y se acercó a Galshan.

—¿Has conducido el rebaño de noche?

—Nunca... Pero creo que podría hacerlo.

—¿Y sabes en qué dirección ir? —insistió Uugan.

—Por allí. Hacia aquella estrella.

Señaló la estrella polar. El viejo Baytar le había enseñado a leer el cielo y a orientarse incluso en medio de una noche cerrada. Uugan agitó la cabeza.

—Ve despacio, los animales están agotados.

Y, sin añadir nada, se situó detrás del rebaño.

Era el peor sitio. Se respiraba todo el polvo levantado por centenares de patas y pezuñas. También era el lugar en el que iban los animales más fatigados.

En alguna parte de las colinas, un zorro lanzó un agudo chillido. Los perros respondieron con una serie de furiosos ladridos. Luego se hizo el silencio, sólo roto por los balidos y los graves mugidos de los yaks.

Galshan se sobresaltó al escuchar un disparo en la parte de atrás, seguido inmediatamente de otro. Pensó en Uugan, que se vio obligado a abatir a sus propios animales para no retrasar a los otros. Algo que ella nunca podría hacer.

Transcurrieron las horas. Primero la del ratón, luego la del buey[32]... Sofia daba cabezadas, encogida en su silla, mientras Galshan vigilaba a los animales que avanzaban, pegados los unos a los otros, como para prestarse apoyo. Siempre hacia el norte... Siguiendo la dirección de la estrella polar. Sólo se desviaba para esquivar una pendiente demasiado pronunciada o rodear los montones de piedras que se adivinaban en la oscuridad.

Un nuevo disparo retumbó en la noche.

La víspera, Galshan había escuchado una discusión. Eran Tsaamed y Uugan. Nunca antes los había visto enfadarse. Había sido una locura, decía Tsaamed,

---

[32] Desde la medianoche a las dos, y desde las dos a las cuatro de la madrugada.

emprender aquel viaje. Iban a parecer todos los animales y no les quedaría nada. Su voz vibraba y estaba al borde del llanto. También habría sido una locura no hacer nada, esperar a que los animales se muriesen, había replicado Uugan. Nadie podía haber imaginado siquiera un verano semejante. La Tierra se había vuelto loca y nadie sabía lo que reservaba a los hombres. «Menos loca que tú», le había contestado Tsaamed. Y el tono había ido subiendo hasta que los gemelos se despertaron gritando.

Una línea más clara se dibujó hacia el este, detrás de las crestas. En la penumbra, Galshan adivinaba hierbas quemadas por el sol que el viento movía. Era ya la hora del tigre[33]. Pronto tendrían que detenerse, buscar una sombra y esperar hasta la tarde. En cuanto al agua, ninguno tenía esperanzas de encontrarla por el camino. Galshan tenía la impresión de que los rebaños apenas habían avanzado en el transcurso de la noche. Nunca llegarían a tiempo a los pastos de los que había hablado Uugan para salvar a los animales.

Sofia se alejó para tomar fotos del amanecer, pero de golpe se dio la vuelta y regresó al galope.

—¡Galshan! ¡Mira, allí abajo!

En la media luz se adivinaba una espesa masa de nubes que avanzaba hacia los rebaños. Nubes enormes, a punto de reventar, casi tan negras como la noche.

—¡Uugan! —gritó Galshan—. ¡Uugan! ¡Mira allí! ¡Las nubes!

---

[33] Entre las cuatro y las seis de la mañana.

Uugan ya las había visto. Incorporado sobre los estribos contemplaba el avance de la oscura masa por encima de las colinas. Las nubes que todos aguardaban desde hacía semanas llegaban por fin, portadoras de temporales y lluvias de verano.

De pronto, en el horizonte se dibujó un relámpago y el viento trajo los olores mezclados de la lluvia y la tierra mojada. Excitados por la proximidad de la borrasca, los animales se balanceaban con el cuello estirado hacia el cielo. El gran yak mugía con voz grave y los caballos arañaban el suelo con sus cascos, los ollares abiertos y los ojos un poco enloquecidos.

Otro relámpago desgarró el cielo y el trueno rodó sobre las colinas.

Tsaamed se acercó a Uugan con un gemelo en cada brazo. Con una sonrisa en los labios mostró las nubes a sus hijos, que parpadeaban con cada relámpago. Galshan se acercó a *Töönejlig* y le susurró unas palabras al oído.

Los relámpagos se sucedían ahora sin descanso, inmediatamente seguidos de truenos que hacían temblar el suelo y retumbaban de colina en colina. Los animales pateaban. Un perro comenzó a aullar y los otros lo imitaron al momento, con el cuello casi en vertical, como lobos. Galshan sentía a su yegua estremecerse de impaciencia. Hombres y animales vigilaban el cielo a la espera de agua.

Un relámpago hendió el cielo y las primeras gotas chocaron contra el polvo, de una en una, haciendo resonar la tierra agrietada. ¡Había llegado la lluvia al fin! En medio de un estrépito ensordecedor, un rayo cayó sobre una loma cercana. Los relámpagos surcaban el cielo y el aire cargado de electricidad vibraba como un tambor.

Pero en cuestión de segundos las nubes que desfilaban a toda velocidad por encima de los rebaños parecieron alejarse. Disminuyó también la violencia de los relámpagos. Súbitamente, las gotas se espaciaron y su repiqueteo contra el suelo terminó por apagarse. A la misma velocidad que había caído sobre el rebaño, la tormenta se alejó. Sólo había dejado unas miserables gotas que fueron absorbidas enseguida por el suelo. El eco del trueno resonaba todavía en las colinas cuando Tsaamed se echó a llorar.

Sofia le hizo una foto con los pequeños apretados contra su pecho.

Los animales enloquecieron. Pateaban, se agitaban en todas direcciones, se mordían y balaban como suplicando a la lluvia que volviese. La tormenta no había hecho otra cosa que rozarles antes de pasar de largo, como si se burlase de ellos.

Con los ojos anegados de lágrimas, Galshan pegó su mejilla contra el costado de *Töönejlig*.

Le acarició el vientre. La yegua tenía las tetas hinchadas, repletas de leche. Al rozarlas, Galshan notó una gota de líquido en sus dedos. La chupó con la punta de la lengua. Era leche. La leche de la yegua.

Galshan se estremeció. Baytar le había enseñado que era uno de los signos más seguros de que las yeguas estaban a punto de parir. La cría de *Töönejlig* iba a nacer y la lluvia seguía negándose a caer.

VEINTINUEVE

Cuando amaneció, las últimas nubes de tormenta desaparecieron del horizonte y el cielo ardía, liso como una chapa.

El lecho de un arroyo serpenteaba al fondo del valle, blanco y seco como la osamenta de un gigantesco animal. La hierba quemada por el sol susurraba con el viento. Los buitres reiniciaron su ronda por encima del rebaño. Aparte de un último bidón, que Tsaamed controlaba, no quedaba más agua ni para las personas ni para los animales.

Todos sabían que la mayoría de los animales no soportarían otra noche de marcha. Uugan ensilló su caballo más resistente y cargó los pellejos vacíos en los yaks.

—No regresaré hasta haber encontrado agua —prometió.

Sofia le hizo una foto mientras se alejaba envuelto por el polvo. Los yaks mugían de fatiga y *Perro Negro* trotaba a su lado. Uugan confiaba en su olfato para encontrar un manantial capaz de aprovisionar al rebaño, pero ninguno sabía si existía siquiera.

Galshan se acercó a *Töönejlig* y se acuclilló cerca de ella. Por propia iniciativa, la yegua se había apartado de los demás. De vez en cuando, giraba la cabeza y se mordisqueaba los flancos. Galshan no la perdía de vista y le hablaba en voz baja.

Transcurrieron las horas más calurosas de la jornada, la de la serpiente, seguida de la del caballo[34]. Abrumadas por el calor, las ovejas se habían resguardado en las estrechas bandas de sombra, al pie de las rocas. A la mayoría no le quedaba fuerzas ni para balar. Uugan no volvía y Tsaamed no cesaba de esperar, alerta, su regreso, encerrada en un silencio del que sólo salía para ocuparse de los gemelos.

Sofia se reunió con Galshan y se agachó a su lado, con la espalda apoyada en la piedra tibia. Señaló a la yegua que daba vueltas y sólo paraba para arañar el suelo, con los ojos un poco espantados.

—¿Crees que el potro nacerá hoy?

—Esta noche —dijo Galshan—. Ella no dejará que nazca en pleno calor.

Esbozó una sonrisa.

—De todos modos, he perdido la apuesta.

—¿Apuesta?

---

[34] De las diez a las doce y de las doce a las catorce.

—Justo antes de abandonar Tsagüng, *Töönejlig* estaba ya tan gorda que aposté con mi abuelo sobre el día en que nacería el potrillo. Estaba convencida de que lo haría en las horas o los días siguientes. Attas estaba seguro de que no pariría antes de diez días. Hoy se cumple el plazo, así que él ha ganado.

—¿Y qué ha ganado?

—El potro. Si hubiese nacido antes, me lo habría dado. Nunca un caballo ha sido mío.

—Me gustaría hacer fotos del parto. ¿No molestará a la madre?

—¿Por qué sólo fotografías cosas tristes? Animales consumidos, buitres que sobrevuelan o a Tsaamed a punto de llorar, como esta mañana...

—Enfoco lo que tengo delante de los ojos, Galshan. Pero no hay nada triste en un nacimiento, más bien lo contrario, ¿no?

—Éste será triste.

Sofia la miró sin comprender.

—La cría morirá. Si la madre no tiene suficiente agua, no tendrá bastante leche para alimentarla, y además hace demasiado calor para que sobreviva. Todos los potros que han nacido este verano han muerto. Todos, sin excepción.

Sofia no dijo nada.

A unos pasos de allí, *Töönejlig* estaba tumbada en el suelo y arañaba el polvo con las patas. De vez en cuando se quedaba quieta y miraba a Galshan enseñándole los dientes.

TREINTA

Uugan seguía sin volver cuando la noche cayó sobre las colinas.

Tumbada de costado y con el cuerpo cubierto de sudor, *Töönejlig* emitía pequeños gruñidos. Acurrucada a su lado, Galshan la acariciaba y alentaba en voz baja. Sentía bajo su mano el vientre del animal, que se contraía a intervalos cada vez más cortos. De pronto, corrió líquido entre las ancas de la yegua. Baytar llamaba a eso «romper aguas». Galshan no estaba segura de que fuese exactamente agua, pero sí de que era una señal de que el potro no tardaría en llegar.

Sofia profirió una maldición entre dientes. Galshan le había pedido que no usase el flash para no asustar a la yegua y la noche era tan oscura que no podía sacar ninguna foto. Sin pronunciar una palabra, Tsaamed apareció con una lámpara de gas y la depositó en el suelo antes de retroceder en las sombras y sentarse junto a las yeguas dormidas.

—*Baïrla* —murmuró Sofia sacando su cámara.

El gas ardía y silbaba como una serpiente. La iluminación apenas bastaba, pero era mejor que nada. Atraídos por la luz, miríadas de insectos volaban chocando con la pantalla de cristal.

—*Guruj*, bonita. Tu potrillo va a nacer...

Galshan no dejaba de canturrear al oído de la yegua una canción que el viejo Baytar le había enseñado la primera vez que había asistido al nacimiento de un potro.

Da tu blanca leche, mi yegua preciosa.
Ya sale el potro de tu cuerpo cálido.
Es tuyo, no lo olvides nunca,
Guruj, guruj, *mi yegua bonita.*

Las palabras salían solas, sin que necesitara buscarlas, como si su abuelo estuviese allí con ella, apuntándoselas. *Töönejlig* mantenía las orejas levantadas.

En varias ocasiones, el anciano había dicho que lo único que había que hacer en el momento del parto era cantar. Todo lo demás era inútil. Puede que los hombres necesitasen a los caballos, pero los caballos no necesitaban a los hombres. Muchos potros habían nacido antes de que personas y caballos viviesen juntos, seguramente más que estrellas había en el cielo, y nadie les había ayudado a venir al mundo.

La yegua tuvo otra contracción. Una especie de membrana nacarada brillaba entre sus ancas. Era la envoltura que protegía a la cría. Aparecieron las patas de delante, con minúsculas pezuñas. La yegua levantó la cabeza como para ver qué pasaba. Dejó escapar un gruñido y una nueva contracción recorrió sus costados. Su vientre estaba duro como una piedra. El morro del potro se deslizó entre las ancas de su madre, luego la frente. El vientre de la yegua se contraía a intervalos regulares y el pequeño llegaba al mundo poco a poco, asomando un trocito más con cada empujón de su madre. Los flancos de *Töönejlig* se tensaron de nuevo y Galshan vio enseguida la cabeza entera del potrillo. Ligeramente manchada de sangre, la fina membrana lo envolvía aún como un velo.

Galshan seguía cantando sin prestar atención a los «clic, clic» de la máquina de Sofia.

La envoltura se rompió y con un último esfuerzo apareció el potrillo, con el pelo empapado y pegado como si acabase de salir de un río. *Töönejlig* permaneció un momento sin moverse, recuperando el aliento. Poco después, tumbada cuan larga era, empezó a lamer a su pequeño, que se estremecía con cada lengüetazo. Aún estaba unido al vientre de su madre por el cordón umbilical. Galshan sabía que no había que tocarlo. El viejo Baytar le había avisado: «Por ahí pasa toda la fuerza que transmite a su hijo».

Töönejlig no paraba de limpiar a su potro con la lengua. La lámpara de gas proyectaba inmensas sombras y Galshan continuaba cantando.

Da tu blanca leche, mi yegua preciosa,
tu leche que ilumina la negra noche
y la vida de tu pequeño.
Guruj, guruj, *mi yegua bonita...*

—¿Has oído? —la interrumpió Sofia poniéndose
en pie de repente.

Pendiente como estaba de *Töönejlig* y su cría recién
nacida, Galshan no se volvió siquiera.

—Escucha, Galshan. Se diría que...

Tsaamed había surgido de la oscuridad y observaba el cielo. Un rumor sordo ascendía desde el horizonte acompañado de olores que casi había olvidado. Olor
a lluvia y a humedad... También los animales lo habían
percibido. Se quedaron clavados en el sitio, con el hocico al viento.

Un relámpago iluminó la noche. Galshan se enderezó. Hubo unos segundos de impresionante silencio
y luego el rugido pesado de la tormenta descendió por
las colinas resonando como el eco de un enorme tambor. Las estrellas se apagaron de una en una tapadas por
el avance de las nubes. El horizonte empezó a crepitar
mientras se dibujaban en la noche deslumbrantes rayos entrelazados. *Töönejlig* no había dejado de lamer a
su potro.

Otro relámpago desgarró la oscuridad. El trueno
que siguió estalló como un disparo de fusil. Y de golpe se desató la tormenta. Los relámpagos se sucedían
sin un segundo de descanso, salpicando la noche y
desgarrando el cielo de un extremo al otro. Las colinas

parecían oscilar bajo los truenos. La tierra temblaba y el aire vibraba como un gong.

Las ovejas balaban y los caballos relinchaban con la cabeza extendida hacia el horizonte, enloquecidos por el olor a lluvia. La noche entera chisporroteaba, cargada de electricidad, y seguía sin llover. ¿Les evitaría la tormenta como aquella mañana? Un relámpago cortó el cielo antes de caer en la cima de una colina cercana con un estrépito que sugería el fin del mundo. La roca pareció explotar con el choque. A Galshan le silbaban los oídos. Asió la mano de Tsaamed. Los relámpagos caían por todas partes y con cada descarga podía ver a *Töönejlig*, que lamía sin cesar a su potrillo como si tal cosa. Al ruido de la tormenta se sumó, de repente, otro sonido más regular, como si miles de pies minúsculos golpeasen cadenciosamente el suelo. Cada vez más fuerte, cada vez más deprisa.

—Lluvia —murmuró Tsaamed.

A medida que el repiqueteo de las gotas se iba acercando, la tierra se estremecía. Bajo el resplandor de un relámpago, Galshan vio la cortina de agua, que avanzaba a toda velocidad: franqueó la cresta de la colina que bordeaba el valle, rodó por la pendiente y un segundo después la lluvia se derramaba sobre ellos. Caía en goterones tibios como leche, golpeaba el suelo y se filtraba hasta por las menores fisuras. Tsaamed abrió los brazos y empezó a girar sobre sí misma con la boca abierta de par en par. Llovía con tanta intensidad que por momentos el estrépito del agua cubría el de la tormenta.

Töönejlig se había levantado. Con la cabeza inclinada hacia el suelo no dejaba de limpiar a su potrillo sin preocuparse por la lluvia, los relámpagos o el ruido. La cría agitaba las patas. Intentó incorporarse por primera vez, pero un enérgico lengüetazo de su madre la hizo tambalearse. Esperó un momento antes de volver a intentarlo.

Galshan sintió cómo la lluvia atravesaba su ropa. Retomó la canción para el nacimiento de los potros donde la había interrumpido.

Da tu blanca leche, mi yegua bonita.
Tu potro va a ponerse en pie.
Es el tuyo, mira qué hermosura.
Guruj, guruj, *mi yegua preciosa...*

Casi tenía que aullar para escucharse por encima del escándalo del temporal.

El potro plantó las dos patas delanteras, muy tiesas, e intentó de nuevo levantarse empujando con las patas traseras. Se bamboleó antes de acabar cayendo de costado. Los relámpagos atravesaron el cielo unos segundos. El último lo cruzó de punta a punta y Galshan entrevió al potro arrodillado sobre las patas de delante y la nariz a ras del suelo. Hizo otro esfuerzo para incorporarse mientras *Töönejlig* le ayudaba empujándolo con la cabeza.

El agua continuaba repiqueteando. A través de los fogonazos resplandecientes de los relámpagos, Galshan vio a Tsaamed. Seguía dando vueltas bajo la lluvia con sus dos hijos empapados en brazos, que reían a carcajadas. Sofia se acercó a Galshan. Tenía el pelo pegado a la cabeza a causa de la lluvia, y sonrió.

—Esto me fastidia las fotos, pero el potro vivirá.

Galshan afirmó con la cabeza.

A la luz de un relámpago descubrió que al fin se había puesto en pie. Todavía le temblaban las patas, pero había metido la cabeza bajo el vientre de su madre y mamaba. Mientras, las ovejas bebían en los charcos embarrados.

TREINTA Y UNO

Uugan llegó poco después de la hora de la liebre[35], empapado y tan reventado como su animales, pero exultante.

—¡Llueve! —gritó a tanta distancia como pudo—. ¡Llueve!

Apenas descendió del caballo tomó a uno de los gemelos en brazos y lo lanzó al aire bajo la lluvia, recogiéndolo como si fuese una pelota. Con cada lanzamiento el crío aullaba de pavor y de placer. Su padre lo abrazó finalmente y lo protegió bajo su *deel* mojado. Con la cara vuelta hacia lo alto, el niño atrapaba con la punta de la lengua las gotas que rodaban por su cara.

---

[35] Entre las seis y las ocho.

Acuclillado bajo el toldo que Tsaamed había instalado durante la noche, Uugan bebió unos tragos de té caliente. La borrasca le había sorprendido al comienzo de la noche mientras se obstinaba, pese a la oscuridad, en buscar una fuente que se hubiese salvado de la sequía. Ni siquiera había tenido tiempo de salir de la estrecha garganta por la que se había aventurado. En unos minutos, el agua había subido con tanta fuerza y rapidez que había arrastrado a uno de sus yaks. Él se había refugiado con los animales en una plataforma rocosa que le había parecido lo bastante amplia para cobijarles y había pasado allí la noche. El agua rugía a sus pies como si las semanas de sequía no hubiesen sido más que un mal sueño. Sólo cuando empezó a amanecer consiguió abrirse paso hasta el valle.

Uugan se puso en pie y contempló el cielo negro y preñado de lluvia. Las nubes ahora estaban tan bajas que ocultaban las colinas y el agua rodaba por las pendientes en centenares de minúsculos torrentes en los que chapoteaban los animales.

La lluvia caía sin cesar, tan copiosa y tibia como por la noche. Todavía llegaban desde el horizonte profundos rugidos. La tormenta seguía activa y podía volver a desatarse en cualquier momento. Había que montar la ger rápidamente y refugiarse dentro.

Tsaamed, Uugan y Galshan tuvieron que sumar sus fuerzas para descargar la tienda del carro. El fieltro se había encharcado durante la noche y la tela pesaba toneladas. No iba a ser fácil extenderla. Y eso por no hablar del armazón que habría que colocar bajo la recia lluvia. A unos pasos de ellos, con un incómodo chubasquero de color naranja fluorescente, que sólo una extranjera era capaz de ponerse, Sofia hacía fotos renegando del agua que amenazaba con estropear sus aparatos.

—¡Sería mejor que nos ayudases! —gritó Galshan sin aliento.

Imperturbable, Sofia disparó su cámara en el momento en que Galshan se volvía hacia ella. El agua se deslizaba por su rostro y tenía el pelo pegado a la frente... «Clic».

—¡El tuyo es realmente un trabajo muy raro! —gruñó Galshan—. ¿Qué interés tiene hacer todas esas fotos cuando te necesitamos para cosas más urgentes? ¿Tienes miedo de cansarte?

—Me parece estar oyendo a tu abuelo —dijo Sofia sonriendo.

Galshan se encogió de hombros y Sofia siguió fotografiando el montaje de la *ger*.

* * *

Tsaamed había tapizado el suelo con telas sobre las que había desplegado alfombras. Un pequeño fuego de *argol*[36] humeaba en la atmósfera cargada de humedad y la tetera silbaba en la estufa. La ropa empapada soltaba vapor mientras se secaba en los montantes de la *ger*. Completamente desnudos sobre pieles de zorro,

---

[36] Bosta seca que sirve de combustible.

los gemelos parloteaban, mientras la lluvia tamborileaba sobre el fieltro de la tienda.

Galshan era la única que no se había refugiado dentro. Sofia entreabrió la lona de la puerta y vio cómo Galsham se dirigía hacia *Töönejlig* y su potrillo. Después, cogió su cámara y les hizo una fotografía.

El potro estaba tumbado cerca de su madre. La yegua lo había acostado contra un peñasco vertical para protegerlo mejor de la lluvia y, a pesar del auténtico diluvio que caía, apenas estaba mojado. El color pardo claro de su pelo se confundía con el de la hierba que se curvaba bajo la lluvia. Sólo resaltaba el negro de sus crines y el de la parte inferior de sus patas.

Galshan se acuclilló a su lado y con una mano apartó el mechón que le caía sobre la frente.

—¡Mira esto! —dijo a media voz cuando se acercó Sofia.

Una mancha blanca cruzaba la frente del potro. Por algo su madre se llamaba *Töönejlig*: el nombre significaba «la que tiene una mancha blanca en la frente». Su hijo la había heredado, aunque la de él se reducía a una estrecha marca de pelos blancos. Una marca en forma de relámpago.

—Lo vamos a llamar *Sighur mor*, el «caballo de la tormenta».

TREINTA Y DOS

La lluvia no dejó de caer en ningún momento del día. Sin descanso, copiosa y compacta. Tamborileaba contra el suelo, corría sin pausa por las laderas de las colinas y hacia crecer el arroyo, que empezó a desbordarse después de mediodía. Su borboteo se fundía con el ruido de la lluvia.

Seguía lloviendo cuando llegó la noche y Galshan se envolvió en su manta, arrullada por el murmullo incesante del agua...

* * *

La oscuridad era completa y sólo algunas brasas refulgían aún en la estufa. Galshan se despertó. Permaneció al acecho, intentando averiguar qué la había sacado tan bruscamente de su sueño.

157

De repente, se dio cuenta de que lo que la había despertado era el silencio brutal. Había dejado de llover. El golpeteo de las gotas contra el fieltro de la *ger* había cesado.

Se deslizó al exterior a tientas. Los animales resoplaban y sus ruidos se mezclaban con el del arroyo, que corría como un torrente. La hierba estaba empapada por minúsculas gotas de lluvia. Galshan se reunió con *Töönejlig* y su potro. La cría seguía tumbada en el mismo sitio, con la espalda pegada a la piedra que la protegía. Galshan se dejó caer cerca del potrillo. El olor cálido de su pelo tenía algo reconfortante.

Las nubes se dispersaron poco a poco dando paso a las estrellas, que volvieron a salir una a una, como si una mano invisible las fuese encendiendo.

El día apuntaba apenas cuando una estrella fugaz atravesó el cielo de un lado a otro del horizonte. Describió un gran arco y desapareció por el este, por donde salía el sol. Galshan nunca había visto una que dejase un rastro tan largo. ¡Deprisa! Tenía que formular un deseo. No tenía que pensar mucho. Sabía exactamente lo que quería. El hijo de *Töönejlig* había nacido el décimo día, exactamente como había previsto el viejo Baytar, y ella había perdido su apuesta. Pero lo que Galshan pidió en voz baja fue que, a pesar de todo, el viejo le regalase aquel potrillo para que ella lo domase y en el futuro fuese su caballo.

Galshan todavía soñaba despierta cuando el primer sol de la mañana atravesó las nubes. Un ligero reflejo verde irisaba las colinas como un estremecimiento. La hierba empezaba a crecer de nuevo y los animales hambrientos arrancaban ya los pequeños tallos.

Galshan escuchó el ruido en el momento mismo en que Uugan y Tsaamed salían de la *ger*.

Apenas más perceptible que el zumbido de un insecto, el lejano sonido de un motor ascendía desde el horizonte, desde alguna parte hacia el sur. Uugan y Tsaamed se quedaron paralizados mientras el ruido se acercaba poco a poco. Seguían sin ver nada.

—Parece un todoterreno —dijo Uugan acercándose a Galshan—. Será el de tu padre.

Ella hizo un gesto afirmativo sin responder. También había reconocido el sonido característico del viejo todoterreno de Ryham. ¿Por qué no se había quedado en Tsagüng con Baytar?

El vehículo de Ryham ya era claramente visible. Despedía chorros de barro a ambos lados. El hombre conducía a toda velocidad entre las colinas que reverdecían. Iba solo.

Como una iluminación, Galshan volvió a ver la estrella fugaz que había atravesado durante largo rato el cielo de la mañana. «Alguien acaba de morir y su espíritu abandona la Tierra...». Es lo que el anciano habría dicho al verla.

Alguien había muerto... ¿Cómo no se le había ocurrido pensar en ello esa mañana?

Baytar...

Con un estremecimiento, Galshan comprendió el motivo por el que venía su padre y por el que lo hacía tan deprisa. Uugan había pensado lo mismo. Le puso la mano en el hombro y, sin decir palabra, bajaron juntos a recibir a Ryham. El nombre de Baytar palpitaba al ritmo del corazón de Galshan, la invadía por entero y resonaba a cada paso.

—Baytar —repitió en voz baja ahora que el todoterreno se aproximaba.

El viejo vehículo se detuvo a unos metros de ellos. Ryham descendió y se quedó con los brazos colgando, mirando a su hija que se precipitó hacia él. *Ünaa*, el perro de Baytar, lo acompañaba.

—Galshan —anunció Ryham en voz baja—. Es Baytar... Ha muerto.

¡Muerto! En el fondo, Galshan ya lo sabía, pero de pronto se sintió arrastrada por esa palabra, como si se tambalease en el vacío. Tenía la impresión de caer en un pozo sin fondo. La impresión de que se vaciaba, de que no era más que una envoltura de piel fofa y hueca. Sus piernas flaquearon y se agarró a su padre con todas sus fuerzas.

Baytar estaba muerto... Aquellas palabras rebotaban de forma absurda dentro de su cerebro. No querían decir nada. Baytar no podía morir ¡Eso era imposible!

La mano de Ryham le acariciaba el pelo mientras ella lloraba y los sollozos estremecían su cuerpo.

TREINTA Y TRES

Tsaamed tendió a Ryham un tazón de té salado y llenó otro, que dejó en el centro de la mesa baja y que nadie tocó. Estaba allí para honrar el recuerdo del viejo. Ryham bebió un trago. Galshan le tenía cogida la mano y *Ünaa* estaba acostado a sus pies.

—Baytar murió la noche del temporal —comenzó.

Con sus manos de dos dedos, Uugan lió un cigarrillo y se lo tendió a Ryham antes de encender el suyo. El olor del tabaco se mezcló con el del té. «Clic». Nadie prestó atención al ruidito de la cámara de Sofia, que fotografiaba las caras serias de unos y otros.

Aquel mediodía, Ryham había ido hasta la fuente del fondo del valle. El calor era agobiante y aquél era el último manantial del valle de Tsagüng que todavía manaba, aunque los últimos días su flujo se había vuelto tan débil que hacía falta un día entero para llenar el bidón que Ryham llevaba hasta allí cada mañana. A su regreso, había encontrado la *ger* vacía. Baytar se había marchado con su caballo y su perro.

—No me preocupé —prosiguió Ryham en voz baja—. Aunque me extrañó un poco que el viejo hubiese salido con semejante calor, me pareció buena señal. Hacía semanas que no montaba a caballo...

Ryham esperó en Tsagüng a que el viejo regresase, más tieso que un palo, sobre su montura. Llegó la noche y Baytar no había vuelto. Sin embargo, el viejo conocía el valle como nadie, por no hablar de su caballo y su perro. No podía haberse perdido.

—Por precaución, encendí una hoguera...

Ryham sonrió.

—¡Un gesto totalmente idiota! Pensaba guiar a Baytar hasta Tsagüng, ayudarlo a encontrar el camino. ¡No se me ocurrió pensar, ni por un momento, que estaba ciego! No empecé a inquietarme hasta que oí los primeros truenos. Conozco a mi padre. Es un viejo supersticioso. Por nada en el mundo se habría quedado bajo la tormenta, sobre todo en plena noche. ¡Tenía demasiado miedo a los demonios y los malos espíritus!

Entonces, Ryham subió al todoterreno con la idea de buscarlo por los rincones favoritos del viejo: aquellos en los que cazaba o desde los que podía vigilar a sus animales. Sin duda, se habría refugiado en alguno de ellos. Luego la tempestad se desencadenó de golpe, con tanta violencia que Ryham tardó horas en volver a Tsagüng. Su viejo todoterreno se hundía y patinaba en las cuestas, los relámpagos estallaban a su alrededor...

Se hizo medianoche.

—A la luz de un relámpago divisé a *Cabeza Negra,* el caballo de mi padre. Al principio creí que me había preocupado por nada y que, una vez más, el viejo había sido más listo y había logrado dar con el camino sin ningún problema. Pero al acercarme me di cuenta de que *Cabeza Negra* todavía estaba ensillado y él no estaba. Mi padre no lo habría dejado nunca así, ni siquiera en medio de la tormenta más fuerte. Llamé, registré todas las viejas *gers* del *aïl*[37]. No aparecía y su caballo había vuelto solo.

Ryham se había pasado la noche buscándolo, bajo la lluvia que lo azotaba, en medio de la tormenta desatada. Hasta la mañana no oyó los ladridos de *Ünaa,* el perro de Baytar.

—Encontré a Ata apoyado en una roca, vuelto hacia el valle como si aún pudiese verlo. Estaba muerto.

Ryham enmudeció.

—Pero, ¿por qué? —dijo Galshan con la voz quebrada—. ¿Por qué se marchó así, solo?

—No lo sé, Galshan.

Únicamente se oía el crepitar de la estufa y el agua que burbujeaba en la tetera.

—Lo enterré en el lugar donde lo encontré muerto —siguió Ryham—. Mirando hacia el valle.

---

[37] Campamento compuesto por varias tiendas.

—¿Levantaste un *owoo*? —preguntó Galshan con los dedos hundidos en el pelo áspero de *Ünaa*.

Ryham volvió a sonreír.

—El más alto que pude.

—¿Cómo de alto?

Ryham se puso en pie y levantó el brazo por encima de su cabeza.

—Hasta aquí.

—Construiremos otro, aun más alto, donde nació el potro de *Töönejlig*. Baytar murió al tiempo que él nacía...

* * *

El día acababa cuando Galshan, en equilibrio sobre los hombros de su padre, puso la última piedra del *owoo* de Baytar, una piedra afilada como una flecha que apuntaba hacia el cielo. Tsaamed llevó los bastoncitos de incienso que después introdujeron en los intersticios de las piedras. Los fueron encendiendo uno a uno mientras caía la noche.

El perfume del incienso se elevaba, envuelto en la oscuridad, y las pequeñas brasas brillaban como minúsculas estrellas. Galshan nunca había visto un *owoo* tan alto.

Todos se inclinaron manteniendo entre sus manos unidas un palito de incienso prendido. Cuando se enderezaron, el aire estaba lleno del parpadeo de miles de luces azuladas.

—Luciérnagas —murmuró Galshan con los ojos entrecerrados—. Han venido por Baytar...

Estaban por todas partes. Brillaban delicadamente sobre la hierba, sobre las piedras, en las ramas desnudas de los saxaules... Se desplazaban mientras resplandecían en la oscuridad, encendiéndose y apagándose sin parar, como miles de pequeñas estrellas fugaces.

TREINTA Y CUATRO

Sofia Harrison cargó su último bulto en la trasera del todoterreno. En el plazo de un par de días subiría de nuevo a un avión para regresar a su país. Se volvió hacia Uugan y Tsaamed y se inclinó ante ellos con las manos juntas.

—*Baïrla!* Gracias por haberme acogido. Gracias por haberme dejado compartir vuestra vida.

Ryham tradujo y Tsaamed se echó a reír.

—¡Lo que has visto no es nuestra vida, Sofia! Apareciste en un momento especialmente difícil. Nunca habíamos pasado por otro tan duro, pero no siempre es así. ¡Por fortuna! Tienes que volver en otra ocasión más... normal. Entonces verás cómo es de verdad nuestra vida. La próxima primavera, cuando paran las ovejas, por ejemplo. ¿Nos lo prometes?

—¡Prometido!

Sofia mostró su cámara.

—No tengo ninguna foto de vosotros dos juntos...

Uugan y Tsaamed se colocaron delante de la entrada de su *ger* con expresión un poco petrificada. Cada uno tenía en brazos a uno de los gemelos y *Perro Negro* se había tumbado a sus pies.

—¡Espera! —dijo Uugan—. Galshan debería estar. Para mí es casi como una hermana pequeña.

Pero Galshan se había eclipsado en compañía de *Töönejlig* y su potro. Se despedía de él abrazada a su cuello. Al volver, se notaba que había llorado.

* * *

Uugan le puso el brazo en los hombros.

—Tu padre y yo hemos discutido buena parte de la noche...

Era una manera de hablar. Galshan les había oído murmurar. Al principio había prestado atención, intentando enterarse de algo. Hablaban del viejo Baytar y de recuerdos de su infancia, y a veces estaban en risas como críos. Se durmió, arrullada por el ronroneo de sus voces. Cuando abrió un ojo en mitad de la noche, fue vagamente consciente de que seguían allí. Estaban despiertos, charlando y bebiendo té. De vez en cuando, uno de los dos se levantaba y alimentaba la estufa con tortas de *argol*.

—Vamos a instalarnos en los pastos de verano de Tsagüng, donde vivía tu abuelo —continuó Uugan—.

Son los mejores del país y ni que decir tiene que podrás venir cuando quieras. Siempre serás bienvenida. Tu padre me ha regalado los animales de Baytar. Todos excepto uno, que te pertenece. Ése es para ti.

Uugan miró a Galshan sonriendo. Había entendido sin necesidad de que dijese una palabra más.

—*Baïrla* —dijo con labios temblorosos—. Gracias.

—No es a mí a quien debes dar las gracias, Galshan, sino al viejo. Varias veces me mencionó que quería regalarte un caballo. Ese potro era suyo y es él quien te lo regala hoy.

—*Baïrla* —murmuró de nuevo Galshan.

Desde donde estuviese, el viejo Baytar le había concedido su deseo.

* * *

Ryham metió la primera y el todoterreno se alejó bamboleándose. Las ovejas se dispersaban a su paso: la hierba había reverdecido en unos días y pastaban desde la mañana hasta la noche, como si intentaran recuperar el tiempo perdido.

Galshan miró hacia atrás. Uugan y Tsaamed aún tenían la mano levantada. En la distancia, vio a su potro junto al *owoo* del viejo Baytar. Era su potro y regresaría en otoño para empezar a adiestrarlo en compañía de Uugan.

TREINTA Y CINCO

Era pleno invierno. Un invierno de mierda, decía la gente. No hacía mucho frío. Las temperaturas apenas habían bajado de los −10 °C, cuando el termómetro podía marcar −30 °C, durante días y a veces menos.

Con la nariz pegada a la ventana del minúsculo apartamento de Ikhoiturüü en el que vivía toda la familia, Galshan veía caer la nieve. Era casi mágico. Cuando nevaba, incluso los edificios grises y deteriorados de la avenida resultaban casi bonitos, a pesar de sus grietas y las varillas de forjado oxidadas que se extendían hacia el cielo gris como grandes manos descarnadas. Un avión pasó cerca de los tejados con un ruido ensordecedor y desapareció en la tormenta de nieve.

Galshan se acordó del día en que, con su padre, había acompañado a Sofia al aeropuerto.

—Envíame las fotos...

—¡Te lo prometo Galshan!

Y tras un último saludo con la mano, Sofia había desaparecido detrás de los mostradores de embarque. De eso hacía cinco meses. Hacía cinco meses que Sofia Harrison había regresado a su casa. Y cinco meses sin que hubiese mandado ninguna de las fotos prometidas. ¿Tan deprisa se había olvidado de ellos la extranjera de pelo amarillo? ¿Sería posible que hubiera hecho promesas que no pensaba cumplir jamás?

Un autobús recorría la avenida bajo la nieve emitiendo enormes nubes negras de gasóleo quemado. Se detuvo delante del bloque y Galshan vio bajar a su madre con su gruesa carpeta debajo de un brazo y una pesada bolsa sujeta por la otra mano. Daala solo trabajaba unas horas en la universidad, pero siempre volvía con cantidades astronómicas de deberes para corregir. Galshan la oyó subir la escalera y charlar unos instantes con la vecina, la vieja Nordshmaa, antes de abrir la puerta.

—Galshan, cariño, ¿ya estás aquí? Suelto la bolsa y me marcho otra vez corriendo. Tengo el tiempo justo para llegar a recoger los libros que he encargado antes de que cierre la librería. Si ves a Ryham dile que no se olvide de ir a buscar a Bumbaj esta tarde donde la canguro.

La puerta se cerró y volvió a abrirse al instante.

—Por cierto, hay un paquete a tu nombre. Lo tiene la portera. Con todo lo que traía no he podido subirlo.

—¿Para mí? ¡Un paquete!

Pero Daala ya había desaparecido. Galshan bajó los escalones de cuatro en cuatro y se precipitó dentro del recinto de la portera.

El paquete la esperaba allí.

—¡Vaya, viene de muy lejos! —dijo la gruesa mujer—. Guárdame los sellos para mi nieto.

Galshan dio la vuelta al paquete. «Remitente: Sofia Harrison».

Volvió a subir a toda velocidad y desgarró el sobre con el corazón desbocado.

Había una docena de ejemplares de la revista para la que trabajaba Sofia. En la portada, a toda página, el viejo Baytar miraba al mundo con sus ojos vacíos, subido a su caballo y vestido con su mejor *deel*. Un titular recorría la parte superior de la página: «Los hijos del viento».

Con lágrimas en los ojos, Galshan estuvo un rato admirándolo. Sofia tenía razón: estaba guapo.

Había quince páginas dedicadas al viaje de Sofia. En ellas se veían los animales agotados por el calor, los buitres que planeaban por encima del rebaño y las lágrimas de Tsaamed la noche en que la tormenta se había alejado sin dejar una gota. Se veían los tornados de arena y a Uugan, con expresión dura, observando el cielo inmensamente blanco. Y también el nacimiento del potrillo de *Töönejlig*, un relámpago rasgando la oscuridad sobre las colinas y la cara de Galshan bajo el aguacero. Y en la última página del reportaje, miles de luciérnagas brillando como minúsculas brasas en torno al *owoo* del viejo Baytar...

De entre las páginas se deslizó una tarjeta.

Desde que regresé, prácticamente cada día he vuelto a pensar en los días que pasamos juntas. Y siempre me he dicho que tu abuelo tenía mil razones para estar orgulloso de ti.
Un abrazo,
Sofia

P.S.: Pienso hacer un libro con todas estas fotos. Te tendré al corriente.

Galshan cerró la revista y estuvo un rato contemplando la foto de Baytar, la única que le habían hecho. Parecía sonreír.